rororo

rororo

Hiltrud Leenders, geboren 1955 am Niederrhein, arbeitete zunächst als Übersetzerin und machte sich später einen Namen als Lyrikerin. Sie ist Mutter von zwei Söhnen und seit 1990 hauptberuflich Schriftstellerin.
Michael Bay, geboren 1955, arbeitet als Diplompsychologe und Psychotherapeut. Er ist verheiratet und hat drei Kinder.
Artur Leenders, geboren 1954 in Meerbusch, arbeitet als Unfallchirurg in Kalkar. Seit über zwanzig Jahren ist er mit Hiltrud Leenders verheiratet, er ist Vater der beiden Jungen.

Im Rowohlt Taschenbuch Verlag liegen bereits die Romane «Die Schanz» (rororo 23280), «Augenzeugen» (rororo 23281) sowie «Gnadenthal» (rororo 24001) vor.

Hiltrud Leenders/Michael Bay/
Artur Leenders

(10)

Die Burg

Kriminalroman

Rowohlt Taschenbuch Verlag

2. Auflage Juli 2007

Originalausgabe
Veröffentlicht im Rowohlt Taschenbuch Verlag,
Reinbek bei Hamburg, Juni 2007

Umschlaggestaltung any.way, Andreas Pufal
(Foto: Artstudio Hendricks)
Satz Bembo PostScript (InDesign)
bei KCS GmbH, Buchholz bei Hamburg
Druck und Bindung Clausen & Bosse, Leck
Printed in Germany
ISBN 978 3 499 24199 4

Die Burg

Eins

«Fertig», zwitscherte Katharina und sprang von der Bank. «Ich geh hoch, ja, kann ich? Ich muss die Ponybilder einkleben, die Opa mir geschenkt hat.»

«Du hast dein Ei nicht gegessen», erwiderte Astrid. «Und ich habe dich zweimal gefragt, ob du wirklich eins möchtest.»

«Aber wenn ich doch satt bin!», kam es trotzig zurück.

Helmut Toppe nahm die Zeitung herunter. «Flitz los, Maus. Das Ei kannst du später noch essen.»

Katharina schaute ihre Mutter an, dann grinste sie und stürmte aus der Küche.

«Mit deinen Söhnen warst du strenger», stellte Astrid trocken fest.

Toppe lächelte schief. «Ja, leider.» Dann schüttelte er den Kopf. «Ponybilder – sag mal, wie lange hat dieser Pferdefimmel eigentlich bei dir angehalten?»

«So bis siebzehn, achtzehn.»

«Himmel!» Toppe schluckte. «Da haben wir ja noch einiges vor uns.»

Astrid schmunzelte. «Nicht unbedingt, die meisten Mädchen verlieren nach vier, fünf Jahren die Lust daran. Bei mir ist das erst viel später losgegangen. Als ich anfing, mich für Jungs zu interessieren, fanden meine Eltern, dass Pferde eine gute Ablenkung wären, und haben mich zum Reiten gebracht.»

«Und wie alt warst du da?»

«Zwölf.»

«Donnerwetter, ganz schön frühreif!»

«Nicht wahr?» Sie grinste. «Mich haben meine Eltern allerdings nicht so verwöhnt, wie sie es jetzt mit Katharina tun. Ich habe nicht sofort ein eigenes Pony bekommen. Bei ihrem Enkelkind sind sie großzügiger.»

«Na, Gott sei Dank, sonst wärst du wahrscheinlich eine ganz schöne Zicke geworden.»

Er griff zur Kaffeekanne. «Möchtest du auch noch einen?»

«Danke, ja.» Sie räkelte sich ausgiebig. «Ich kann's kaum glauben, dass wir tatsächlich einmal gleichzeitig dienstfrei haben, und das auch noch über Ostern.»

Toppe beugte sich über den Tisch und küsste sie. «Du weißt, dass ich heute Nachmittag zu Meinhards offizieller Verabschiedung muss?»

«Ja, sicher. Glaubst du, dass sie kommt?»

Charlotte Meinhard, die Leiterin der Klever Kommissariate, war vor einem Dreivierteljahr an Brustkrebs erkrankt und hatte umgehend einen Antrag auf Frühpensionierung gestellt. Keiner hatte sie seither gesehen, und man munkelte, dass sie längst nicht mehr in Kleve wohnte, sondern zu ihrem Sohn nach Kanada gezogen war.

«Kann ich mir nicht vorstellen», antwortete Toppe. Als Charlotte Meinhard nicht wieder in den Dienst zurückgekehrt war, hatte man ihm kommissarisch den Posten übertragen, eine Aufgabe, die er nur widerstrebend erfüllte. Die Verwaltungsarbeit, die damit verbunden war, machte ihm wenig Freude, er fühlte sich in seinem neuen, piekfeinen Büro im Verwaltungstrakt immer noch nicht wohl, und er vermisste sein Team.

Astrid lächelte. «Jetzt grummel nicht. Wir sind alle froh, dass du der neue Chef bist. Etwas Besseres hätte uns doch gar nicht passieren können. Außerdem schreibt dir doch kein Mensch vor, wie du deinen neuen Job zu machen hast. Es steht nirgendwo geschrieben, dass du ständig in Schlips und Kragen rumlaufen musst, und wenn du weiter vor Ort ermitteln willst, kann dich niemand davon abhalten.» Sie stand auf, um den Tisch abzuräumen. «Ich bin heute Nachmittag auch unterwegs, mit Katharinas Klasse. Wir schauen uns dieses historische Camp an.»

«Ach ja», sagte er und blätterte in der Zeitung, «darüber habe ich doch eben was gelesen. Hier, eine Stadtmiliz aus Worcester, nicht?»

«Kleves Partnerstadt, genau. Unser Bürgermeister hat alle Schulen angeschrieben, man solle sich das Lager unbedingt anschauen. Sie würden dort ziemlich originalgetreu das 17. Jahrhundert nachstellen.»

«Englischer Bürgerkrieg», murmelte Toppe und blätterte die Zeitung um. «Die Truppe scheint sich nicht nur Freunde zu machen, hier sind allein drei Leserbriefe. So wie es aussieht, ballern die in ihrem Camp mit Schwarzpulver herum. Eine Frau Thinnes schreibt, dass ihr bei jedem Schuss fast das Herz stehenbleibt. ‹Mein Mann und ich haben im Krieg genug durchgemacht.› Und Rudolf Coenders regt sich über die Lärmbelästigung auf. ‹Wir wohnen gute vierhundert Meter weg, und trotzdem klingeln uns die Ohren. Und darüber hinaus: Hat man denn alles vergessen? Wer sind wir denn, dass wir die Engländer bei uns Krieg spielen lassen? Wer hat das genehmigt? Man müsste den mal aufklären und ihm die Leviten lesen!›»

Astrid lachte. «Sehr gelungen.»

Toppe faltete die Zeitung zusammen, stapelte Aufschnitt, Käse und Butter und brachte sie zum Kühlschrank. «Wir sollten möglichst bald zum Einkaufen fahren. Nachher ist bestimmt die Hölle los, schließlich ist morgen Feiertag. Hast du eigentlich Ostereierfarbe gekauft?»

Astrid schlug sich gegen die Stirn. «Ach, verdammt, das hab ich mal wieder vergessen. Ostern scheint nicht mein Fest zu sein.»

«O weh!» Toppe umfasste sie. «Wenn wir Katharina wieder mit Tee, Rote-Bete-Saft und Currypulver kommen, gibt es Ärger. Sie hat sich schon letztes Jahr beschwert, dass die Eier nicht bunt genug waren. Deine Batikmethode mit Nylonstrümpfen und hübschen Blättern hat sie nicht überzeugt.» Sie küsste ihn aufs Kinn. «Irgendwo werden wir schon noch ein paar Knallfarben auftreiben, vielleicht im Drogeriemarkt.»

«Wir treffen uns in der Burg, im Hof, hat Frau Jansen gesagt, Mama!», rief Katharina mit vor Aufregung schriller Stimme.

«Ich weiß, Schätzchen», antwortete Astrid. «Aber ich finde hier keinen Parkplatz.»

«Mann!», schimpfte ihre Tochter. «Wir kommen zu spät.»

Astrid zählte still bis fünf. «Überhaupt nicht, wir haben noch reichlich Zeit», sagte sie dann ruhig und wendete in einer Einfahrt. Vielleicht war an der Stiftskirche etwas frei.

«Aber da vorn steht Frau Jansen, und Clarissa ist auch schon da!»

«Und wir auch. Schau, da fährt jemand raus.»

«Bestimmt sind wir wieder die Letzten.»

Und das waren sie auch, obwohl es noch zehn Minuten vor der verabredeten Zeit war.

Die Kinder vergnügten sich auf der Galerie im Burghof, die Mütter scharten sich um den Brunnen und schwatzten. Ein Mann stand ein wenig abseits, anscheinend der Vater von Lilly und Max, den Zwillingen. Astrid wunderte sich, dass nicht mehr Väter gekommen waren, aber vielleicht mussten die meisten heute noch arbeiten. Die Frauen begrüßten Astrid durchaus freundlich, nahmen sie aber nicht in ihre Plauderrunde auf.

Sie war schon sechsunddreißig gewesen, als sie Katharina bekommen hatte, und damit gute zehn Jahre älter als die meisten anderen Mütter hier, von denen viele zurzeit nicht berufstätig waren. Deren Gespräche am Rande der Elternabende drehten sich zumeist um Schwangerschaften und ums «Shoppen», Themen, mit denen Astrid nichts anfangen konnte. Aber sie brauchte keine Frauenrunden mehr, hatte sie eigentlich nie gebraucht. Für ihre Eltern war sie völlig aus der Art geschlagen, aber die Rolle der Fabrikantentochter und Millionenerbin lag ihr nun einmal nicht. Sie waren schockiert gewesen, als sie zur Kripo gegangen war, und völlig außer sich, als sie sich in ihren Chef verliebt hatte, der etliche Jahre älter und damals auch noch verheiratet war. Ein einfacher Beamter, mein Gott! Auch wie sie lebten, in einer Wohngemeinschaft mit Freunden auf einem Rittergut, befremdete ihre Eltern. Keine Prachtvilla, kein Ferienhaus an der See. Erst seit Katharinas Geburt waren sie ein bisschen milder geworden, inzwischen sprachen sie Toppe sogar mit Vornamen an.

Frau Jansen klatschte in die Hände und rief die Kinder zusammen. «Kommt mal alle her! Von hier aus könnt ihr das Lager schon sehen.»

Astrid lugte über die wuselnden Jungen und Mädchen hinweg. Am Ufer des Flusses, der von hier oben beinahe schwarz aussah, standen auf einer großen Wiese eine Reihe heller Zelte, dunkel gekleidete Menschen liefen herum, direkt am Fluss standen ein paar Männer mit Kappen und roten oder grünen Schärpen über der Brust. Aus der Mitte des Camps stieg eine dünne Rauchsäule in den Himmel.

«So», rief Frau Jansen, «wir gehen jetzt hier die Treppen hinunter zum Kermisdal. Und denkt dran: Es wird nicht gerannt. Marcel, mach deinen Anorak zu, es ist kalt. Auf geht's!»

Als sie beim Ruderclub um die Ecke bogen, war es Astrid, als hätte sie einen Zeitsprung gemacht. Ein großer Lagerplatz war mit Stroh ausgestreut, es gab zwei Reihen spitzer, kleiner Zelte aus dickem Segeltuch, die Gestänge aus grob bearbeitetem Holz. An der Stirnseite ein dunkelrotes, offenes Küchenzelt mit schweren Tischen, auf denen sich Holzschalen, Zinnkrüge, schwarze Töpfe, Pfannen und anderes Gerät stapelten. Davor eine etwa zwei Meter lange schmale Grube mit Rosten, unter denen ein Feuer glomm, brodelnde Kessel, ein Holzfass mit einem Zapfhahn, Körbe mit Kartoffeln, Kohlköpfen und Zwiebeln. Eine Ziege war hinter dem Fass angepflockt, ein paar Hühner scharrten im Stroh. Bitterer Rauchgeruch erfüllte die Luft.

«Kommst du, Mama?» Katharina fasste ihre Hand und zog sie mit sich zu ihrer Gruppe, die gerade von einem Mann in recht gutem Deutsch begrüßt wurde. Er trug schwarze, weite Kniehosen und ein braunes, wollenes Wams über einem geschnürten Hemd aus ungebleichtem Leinen. «Mein Name ist Colin», stellte er sich vor.

Am Rande des Camps waren unter Segeltuchdächern Stände verschiedener Gewerke aufgebaut: ein Feldscher, Spinnerinnen, ein Spielzeugschnitzer, ein Schreiber, zwei Männer, die Musketenkugeln gossen. Dorthin nahm Colin die Kinder mit und zeigte ihnen als Erstes die chirurgischen Instrumente. Astrid hörte seinen Erklärungen nur mit halbem Ohr zu, ähnliche Stände hatte sie schon öfter auf Handwerkermärkten gesehen. Viel mehr faszinierte sie das Lagerleben. Frauen in wollenen Röcken, geschnürten Miedern und weißen Hauben bereiteten das Essen zu, Kinder in langen, hellen Hemdchen spielten mit Reifen, Kreiseln und Holzkugeln, in einem Bollerwagen schlief, in ein Schaffell gekuschelt, ein Säugling. Hinter dem Küchenzelt waren die Männer versammelt. Knappe, harsche Befehle, und die Krieger führten verschiedene Manöver mit meterlangen Piken durch.

Colin scharte die Kinder um sich und erzählte ihnen von Oliver Cromwell, King Charles und der Schlacht von Powick Bridge, erklärte, dass England nicht immer eine Monarchie, sondern für kurze Zeit eine Republik gewesen sei.

«Meine Güte», dachte Astrid. «Die Kinder sind gerade mal acht, die verstehen doch überhaupt nicht, was du da erzählst.»

Das hatte der Mann anscheinend gerade auch gemerkt. «Wir gehen jetzt zu den Musketieren, da wird laut geknallt. Also, Ohren zuhalten.»

Die Musketiere waren die Männer mit den farbigen Schärpen, die Astrid schon von der Burg aus beobachtet hatte. An deren Hüften baumelten lange, glimmende Lunten.

«Wir schießen ohne Kugeln, nur mit Schwarzpulver», erklärte Colin. «Im Krieg ist das anders, aber hier ist das zu gefährlich.»

Aus kleinen hölzernen Behältern, die sie an einer Schnur über die Schulter gehängt trugen, füllten sie das Pulver ein und traten in einer Reihe ans Ufer. Witze reißend einigten sie sich auf ein Ziel auf der anderen Flussseite; so wie Astrid sie verstand, handelte es sich um eine Parkbank – und feuerten. Es war ohrenbetäubend, und es stank.

Katharina fing an zu weinen, und Astrid hockte sich schnell hin und nahm sie in die Arme. Neben ihr im Stroh lag ein junger Schütze, den der Rückstoß der Muskete gut drei Meter nach hinten geschleudert hatte. Er grinste sie aus seinem pulvergeschwärzten Gesicht frech an und rappelte sich auf. Die anderen kamen und klopften ihm auf die Schulter – es schien sich um eine Art Mutprobe zu handeln, eine möglichst große Menge Schwarzpulver zu nehmen.

«Möchtest du nach Hause, Maus?»

«Nein», schluchzte Katharina. «Aber die sollen nicht mehr schießen.»

Auch die anderen Kinder waren verschreckt, und Frau Jansen redete hitzig auf Colin ein, der nur die Achseln zuckte. «Hier ist die Führung beendet. Sie können sich aber gern noch weiter umsehen.»

«Sollen wir uns mal das Küchenzelt anschauen? Die haben da eine kleine Ziege.»

Aber Katharina war abgelenkt. «Guck mal, Mama», rief sie und zeigte auf eine Frau, die einen Korb voll brauner Eier auf der Hüfte trug.

Astrid stand auf. «Ruth?»

Die Frau stellte den Korb ab und kam ihnen lächelnd entgegen. Ruth Pannier – Astrid hatte sie vor Jahren in einem Italienischkurs kennengelernt, und sie hatten sich auf Anhieb gut verstanden, waren miteinander Kaffee trinken gegangen und hatten sich später, zusammen mit ihren Männern, ein paarmal zum Essen verabredet. Aber über dem alltäglichen Trott war ihre Beziehung in letzter Zeit so gut wie eingeschlafen.

Ruth hatte sich als Lyrikerin einen Namen gemacht und war viel unterwegs auf Buchvorstellungen und Lesereisen, ihr Mann Anton war Chirurg und außerdem in der Stadtpolitik engagiert, und Toppes und Astrids Beruf ließ auch nur wenig Freiraum für spontane Freizeitaktivitäten. Was sehr schade war, denn Astrid hatte die beiden wirklich liebgewonnen, und auch Helmut, der sich normalerweise leicht verschloss, hatte ihr Beisammensein genossen.

«Astrid, wie schön, dass wir uns treffen!» Ruth umarmte sie. «Mensch, Katharina, was bist du gewachsen!» Sie lachte. «Ich höre mich an wie meine eigene Mutter.»

«Was treibst du denn hier», staunte Astrid, «in diesem Aufzug?»

«Ach, Toni und ich kennen die Militia schon seit Jahren. Wir waren ein paarmal bei ihnen in England. Und sie wollten unbedingt, dass ich mal so richtig am Lagerleben teilnehme, und haben mich in dieses Kostüm gesteckt. Ich muss sagen, es macht mir Spaß.»

Katharina machte große Augen. «Können wir das nicht auch, Mama?»

«Nein, ich glaube nicht.»

«Aber kommt doch heute Abend zum Lagerfeuer», schlug Ruth aufgeräumt vor. «Das ist immer sehr romantisch.»

«Ich weiß nicht», zögerte Astrid, «wir gehören doch nicht dazu.»

«Ach was, es sind immer Gäste da, Toni kommt auch. Es ist doch höchste Zeit, dass wir einmal wieder Spaß miteinander haben. Geht es Helmut gut?»

Aber für einen wirklich romantischen Abend war es einfach zu kalt. Sie hatten einen für den Niederrhein ungewöhnlich langen Winter gehabt, bis in den März hinein Schnee, und vor vierzehn Tagen noch hatte es Nachtfrost gegeben. Aber wenigstens war es heute Abend trocken. Den Leuten von der Militia schien die Kälte nichts auszumachen, sie scharten sich um ein großes Lagerfeuer, die Frauen hatten sich wollene Tücher oder grobgewebte Decken um die Schultern gelegt, die Männer ihre

Jacken zugeknöpft. Sie saßen auf Strohballen oder auf dem Boden, redeten, aßen und tranken Bier aus Zinnbechern und Humpen aus dickem Leder.

In unregelmäßigen Abständen steckten zwei Meter lange Eisenstangen mit Drahtkörben am oberen Ende in der Erde, in denen Holzscheite brannten. Sie waren außer dem Feuer die einzige Lichtquelle im Lager. Es roch nach Fluss, Rauch, stark gewürztem Essen und ungewaschenen Körpern.

Katharina zwischen sich an der Hand, kamen Toppe und Astrid nur zögernd näher, aber Ruth entdeckte sie und stellte die Holzschale beiseite, aus der sie gegessen hatte. «Da seid ihr ja! Ich hab den anderen schon erzählt, dass ihr kommt.»

Der Mann, der neben ihr saß, erhob sich und kam ihnen entgegen, er war groß und knochig und hatte eine sehr lange Nase. «Welcome», sagte er. «I'm John. Would you like to eat with us?»

Toppe streckte ihm die Hand entgegen. «That's very kind but no, thank you. A beer would be nice, though. I'm Helmut and this is my family.»

Man holte zwei weitere Strohballen ans Feuer, und sie setzten sich neben Ruth, Toni kam mit zwei irdenen Krügen voll Bier. «Nicht dass ihr denkt, das wäre selbst gebraut, das ist gutes deutsches Altbier, von Sponsoren für dieses Camp gespendet.»

Toppe sah sich kopfschüttelnd um, nichts wies darauf hin, dass sie sich im einundzwanzigsten Jahrhundert befanden, keine Armbanduhren, keine modernen Brillengestelle, nicht einmal Reißverschlüsse an der Kleidung.

«Das ist unglaublich», raunte er.

Katharina hatte es die Sprache verschlagen, sie drängte sich eng an Astrid und schaute sich mit großen Augen um.

«Ja», sagte Toni, «so ein Camp ist schon faszinierend.»

Jemand hatte ein Bodhrum geholt, zwei Männer zogen Tin Whistles aus ihren Taschen, und man fing an zu musizieren.

Toni grinste. «Und wenn Gäste da sind, legen sie sich natürlich besonders ins Zeug.»

«Ich habe gelesen, dass es sich um eine Miliz handelt und dass es um den englischen Bürgerkrieg gehen soll», meinte Toppe.

«Das stimmt auch», antwortete Ruth. «Die Männer sind hartgesottene Soldaten, die täglich exerzieren, und ein paarmal im Jahr treffen sie sich mit anderen historischen Gruppen, den Cromwell-Anhängern, und stellen verschiedene Schlachten nach. Aber das Camp gehört dazu. Die Soldaten hatten ihre Familien dabei, Frauen, die kochten, die die Verwundeten versorgten.»

«Und sie schießen tatsächlich mit echtem Schwarzpulver?»

«O ja, alles ist so echt wie irgend möglich. Sie haben hier sogar die historische Kanone von der Schlacht bei Powick dabei, die normalerweise im Museum in Worcester steht.»

«Irre», meinte Astrid. «Ein ganz schön aufwendiges Hobby.»

Toni erzählte von den Hunderten von Gruppen, die in England die verschiedensten Perioden der englischen Geschichte nachstellten, kriegerische Auseinandersetzungen waren natürlich besonders beliebt, aber es gab auch Leute, die zum Beispiel Vergnügen daran fanden, die Zeit der Druiden wieder aufleben zu lassen. Und alles musste so echt und nah an der geschichtlichen Wirklichkeit wie möglich sein.

«Was übrigens hier einige Männer besonders begrüßen. Im 17. Jahrhundert trank das gemeine Volk fast ausschließlich Bier, weil das Wasser in den Städten meist verseucht war. Und ein paar von den jungen Burschen hier nehmen es mit der Authentizität so genau, dass sie sich für die Dauer eines Camps nicht waschen.»

Viele Handwerker in England lebten von der Reenactment-Tradition: Tuchmacher, Schneider, Waffenschmiede, Zeltmacher, Korbflechter, Schuster, Knopfmacher, Küfer und etliche andere Gewerke.

«Gelebte Geschichte ist ja gut und schön», sagte Astrid, «aber Krieg spielen? Ich glaube, da würde in Deutschland kein Mensch mitmachen.»

«Na ja, die Engländer haben eben überhaupt kein Problem mit Nationalstolz. Sie würden auch nicht verstehen, warum sie ihre nationale Identität verstecken sollten.»

Ein Junge von vielleicht zwölf Jahren war von hinten herangekommen und tippte Katharina an. Die drehte sich um und kuschelte sich noch enger an ihre Mutter.

Der Junge holte drei kleine Lederbälle aus den Hosentaschen und fing an zu jonglieren. Rundherum wurde Beifall geklatscht – «Ho, Jamie!» –, die Musikanten spielten einen Tusch.

Schließlich verbeugte sich der Junge und hielt Katharina die Bälle hin. «You wanna try?»

«Willst du es auch mal versuchen?», übersetzte Astrid.

Katharina zog unsicher die Schultern hoch.

«Oh, c'mon!», lockte er.

«Na los», sagte Astrid, «du bist doch sonst nicht so schüchtern.»

Ihre Tochter zierte sich nicht länger, rutschte vom Strohballen und ließ sich von dem Jungen zu einer der Fackeln mitziehen, unter der die anderen Kinder irgendein Spiel mit Münzen und Zinnbechern spielten. Ruth legte Astrid die Hand auf den Arm. «Mach dir keine Sorgen, Jamie passt schon auf sie auf.»

John, der sie begrüßt hatte und der der Chef der Militia war, setzte sich zu ihnen und wollte wissen, ob sie sich am Sonntag das große Spektakel anschauen würden, die Erstürmung der Schwanenburg. Astrid und Toppe wechselten einen Blick und nickten.

«You'll be our special guests», meinte er mit einer kleinen Verbeugung und hielt dann lauschend inne. Drüben beim Bierfass war eine Rangelei im Gange. «I better have a look», murmelte er und hastete davon.

Toppe schaute ihm stirnrunzelnd hinterher.

«Keine Sorge», sagte Toni. «Sie haben dieses Mal ziemlich viele Jugendliche dabei, und die fallen zu fortgeschrittener Stunde schon mal aus der Rolle, aber das regelt sich schon.»

Er stand auf und setzte sich hinter seine Frau auf den Strohballen, nahm sie zwischen seine Beine und legte die Arme um sie. «Dir ist kalt.» Ruth schmiegte sich an ihn. «Und, wie ist es euch ergangen?»

«Ganz gut, eigentlich», antwortete Toppe. «Bis auf die Tatsache, dass sie mich zum Chef gemacht haben. Das schmeckt mir immer noch nicht besonders.»

Toni wusste gleich, was er meinte. «Du wirst dich daran gewöhnen und irgendwann feststellen, dass du derjenige bist, der bestimmt, wo der Hase langläuft. Mir ist es genauso gegangen, als ich mich niedergelassen habe und auf einmal mein eigener Herr war. Inzwischen finde ich es prima.»

«Und wie geht es euren Jungs?», wollte Astrid wissen.

«Viel zu gut», sagte Toni und feixte. «Die Mutter ist das Problem.»

Ruth knuffte ihn in die Seite. «Ich hab immer noch Kindweh. Seit der Kleine jetzt auch weg ist, ist es furchtbar still im Haus geworden.»

Astrid lachte. Matthias, der «Kleine», war über 1,90 m groß.

Ruth strich sich mit beiden Händen das Haar aus dem Gesicht. «Ich habe immer gedacht, es würde mir nicht so viel ausmachen, ich habe schließlich meinen Beruf, und ich finde es auch schön, wieder zu zweit zu sein. Aber dann kommen sie zu Besuch, besetzen das Haus, bevölkern es mit einer Unzahl von alten Kumpeln, fressen uns die Haare vom Kopf, brechen bei Tisch unerwünschte wilde politische oder philosophische Diskussionen vom Zaun, hexen die halbe Nacht rum, dass man keinen Schlaf findet, und wir sehnen uns nach Ruhe und Frieden. Und dann packen sie ihr Bündel wieder und sagen: ‹Tschüs, Mama, wir fahren wieder nach Hause!› Und das ist dann der Moment, wo ich nur noch heulen möchte – ‹nach Hause›. Bescheuert, nicht wahr?»

Toni zog sie noch dichter an sich. «Aber es wird besser, oder? Für mich ist es nicht ganz so schlimm, aber ich kaue auch daran. Wir bemuttern uns dann gegenseitig, und nach ein paar Tagen genießen wir wieder unsere neue Freiheit. Hat nämlich auch was.»

«Das haben wir alles noch vor uns», meinte Astrid leise und schaute Helmut an. Der hob ein Holzscheit auf und warf es ins Feuer – knisternde Funken stoben. Astrid stellte den Bierkrug zwischen ihren Füßen ab und schob die klammen Hände in die Mantelärmel. «Wie seid ihr eigentlich an diese Truppe gekommen?»

Toni lachte. «Das ist eine verrückte Geschichte. Mein Bruder ist ja bekennender Karnevalist, und kurz nachdem die Städtepartnerschaft zustande gekommen ist, ließ die Worcester Militia nachfragen, ob es hier in Kleve nicht auch eine historische Gruppe gebe, mit der man sich treffen könnte. Und die Klever hatten anscheinend überhaupt keine Ahnung, um was es sich bei der Militia handelte, sie wussten nur, dass sie sich kostümierten und merkwürdige Waffen trugen. Und da sagte man sich: Passt doch prima zum Karneval, Sturm aufs Rathaus, Mitmarschieren im Rosenmontagszug. Die Militialeute sollten in Gastfamilien untergebracht werden, und mein Bruder suchte händeringend Freiwillige. Da haben Ruth und ich schließlich gesagt: Okay, wir nehmen jemanden auf, solange du uns aus dem Karnevalsrummel heraushältst. So haben wir David kennengelernt, Mädchen für alles bei der Truppe, Musketier, Sprengmeister, Organisator, Schmied und Chefkoch.»

Er deutete zur Kochgrube, wo ein Hüne mit Löwenmähne mit ein paar Pfannen hantierte. «Er zaubert uns noch irgendeinen Nachtisch, aber er kommt gleich. Er will euch unbedingt kennenlernen.»

Die Militia war also zum Karneval 1991 angereist, hatte sich in der Stadt versammelt, in ihren kostbaren Kostümen, bis an die Zähne bewaffnet mit Piken, Musketen und Säbeln und wild entschlossen, im tapferen Kampf dem Bürgermeister den Schlüssel zum Rathaus abzuringen. Und was hatten sie vorgefunden? Eine Horde Männer in grellen Polyesterjacken mit seltsamen, gefiederten Hüten, die schunkelnd und klatschend Lieder plärrte und zwischendurch immer wieder unvermittelt «Kleve – helau!» brüllte. Was bedeutete dieser Schlachtruf? Man hatte keine Ahnung, entschied sich dann aber, mit einem kräftigen «Worcester – Sauce!» zu antworten. Schließlich hatte der Mann mit der längsten Feder am Hut eine Rede gehalten, dann hatte der Bürgermeister eine Rede gehalten und den Rathausschlüssel ganz ohne Gegenwehr herausgerückt. Kein Kampfgetümmel, kein Schwarzpulver, kein Spaß.

Ratlos und frustriert waren die Militialeute in ihre Gastfamilien zurückgekehrt. «Und Ruth und ich standen auf einmal, weil wir einigermaßen Englisch sprechen, als Mittler da und mussten das Missverständnis aufklären. So hat es sich ergeben, dass wir mit einigen von ihnen mittlerweile ganz gut befreundet sind und uns auch privat gegenseitig besuchen.»

Toppe prustete. «Worcester-Sauce, gut gekontert! Macht ihr denn am Sonntag beim Sturm mit?»

Toni schüttelte den Kopf. «Nein, das nicht. Man hat mich ausgeguckt, ich soll als stellvertretender Bürgermeister die Show eröffnen. Wir beide müssen auf der Ehrentribüne stehen. Aber vielleicht können wir hinterher etwas zusammen unternehmen.»

«Gute Idee», sagte Ruth, «kommt doch einfach zum Essen zu uns. Ich koche einen Eintopf vor, den wir dann nur noch aufwärmen müssen. Er wird uns guttun, wenn wir den ganzen Nachmittag in der Kälte gestanden haben.»

Zwei Sie waren schon eine gute Stunde vor dem Beginn des großen Spektakels auf der Burg angekommen, weil Astrid unbedingt einen guten Zuschauerplatz ergattern wollte.

«Jetzt mach dir nicht so viele Gedanken», sagte sie aufmunternd zu Toppe. «Katharina findet es bestimmt toll. Wir haben ihr das doch alles erklärt, sie weiß, dass es nichts anderes ist als ein Theaterstück.»

Toppe bezweifelte das. Er war gestern schon hier gewesen, als das Podest für die Ehrengäste aufgebaut worden war und die Militia ihre Vorbereitungen getroffen hatte, während die Kollegen die Sicherheitsvorkehrungen überprüft hatten. John hatte ihm erklärt, dass sie eine Schlacht aus dem 80-jährigen Krieg zwischen Spanien und den Niederlanden nachstellen würden, der ja in den Klever Landen besonders heftig getobt hatte. Ein Teil der Militia würde sich als Spanier in der Schwanenburg verschanzen, der andere Teil, die Niederländer, würde angreifen und die Burg nach erbittertem Kampf schließlich einnehmen. Es würde alles sehr echt aussehen mit einer Menge Kunstblut und vielen vermeintlich Toten.

Als Toppe kam, war John gerade dabei gewesen, an verschiedenen Stellen im Gras nah an der Burgmauer größere Sprengladungen, sogenannte ground charges, anzubringen, die per Fernzündung ausgelöst werden sollten. Die Soldaten würden die große Kanone zünden und abfeuern, aber selbstverständlich wäre sie nicht geladen, also musste man den Einschlag der Kanonenkugel anders darstellen. «And I promise, that will be really loud», hatte John begeistert erklärt.

Immer mehr Zuschauer kamen den steilen Aufgang zum Burgberg hinauf und beobachteten neugierig die kostümierten Männer und Frauen der Militia, die letzte Hand an die Dinge legten.

Katharina entdeckte die Zwillinge aus ihrer Klasse. «Dürfen wir ein bisschen rumlaufen?»

«Ja», antwortete Toppe, «aber bleib in der Nähe, sonst verlieren wir uns noch im Gedränge.»

Man rechnete mit mehr als fünfhundert Zuschauern. Unten auf dem Parkplatz, gleich hinter den Dixiklos, standen mehrere Streifenwagen, und Toppe sah, dass die grünen Kollegen sich zügig auf dem Gelände verteilten. Jemand schlug ihm kräftig auf die Schulter. «Du auch hier, Chef?» Es war Josef Ackermann vom Betrugsdezernat, der frohgemut ein großes Eis schleckte.

Astrid schüttelte sich. «Wie kannst du nur bei dieser Kälte!»

«Ach wat, dat is' bei uns Tradition: Ostern dat erste italienische Eis auffe Faust.» Und er lachte. «Habt er gesehen? Dat halbe Präsidium is' aufgelaufen. Da vorne steht sogar Freund Norbert. Wer hätt' gedacht, dat der auf billiges Volksvergnügen steht.»

Toppe folgte seinem Blick: Norbert van Appeldorn, sein langjähriger Weggefährte, stand im Schutz eines Mauervorsprungs, den Arm um seine hochschwangere Frau gelegt. Er winkte, aber die beiden sahen ihn nicht.

«Lass ma'», meinte Ackermann. «So 'n junges Glück soll man nich' stören.» Er stopfte sich den Rest seines Eishörnchens in den Mund und leckte sich die Finger ab. «Ich muss dann ma' wieder. Meine Mädkes halten mir gegenüber 'n Platz inne erste Reihe frei.» Damit tätschelte er Astrid den Rücken und verschwand in der Menge.

Katharina tauchte gerade rechtzeitig wieder auf.

«Ich glaube, jetzt geht es los», flüsterte Astrid ihr ins Ohr und nahm sie fest an die Hand. Sie schaute zur Ehrentribüne hinüber, die inzwischen besetzt war. Ruth und Toni sprachen mit John, der einen Spitzhelm und eine Hellebarde trug. Dann ging Toni ans Mikrofon, sprach ein paar Begrüßungsworte und stellte die Militia vor. Er betonte, dass nicht mit scharfer Munition geschossen werde, dass man dennoch weit zurücktreten und besonders auf die Kinder achten möge.

Es gab keinen Startschuss, kein Signal, und so dauerte es eine Weile, bis die Zuschauer merkten, dass das Schauspiel begonnen hatte, und allmählich leiser wurden.

Die Militia stellte das alltägliche Leben auf einer Burg dar. Frauen trugen Wäschekörbe, fegten den Vorhof, hielten inne für einen kurzen Plausch, Kinder vergnügten sich an einem Wassertrog, im Innenhof hockten auf umgedrehten Zubern ein paar Bauernburschen, tranken Bier und zielten mit kleinen grünen Äpfeln auf die Hühner, die gackernd auseinanderstoben.

Da ertönten von weit unten, von der Großen Straße her, dumpfe Trommelschläge, und für einen Moment erstarrten alle Akteure. Dann schrien die Frauen auf, flohen auf das Tor zu, versuchten verzweifelt, die Kinder in

Sicherheit zu bringen. Im Innenhof wurde wild durcheinandergebrüllt. Die Burschen schleppten Holzgatter, ein Wagen wurde herangeschoben, die Frauen rollten schwere Fässer – man errichtete eine Barrikade. Die Trommeln kamen näher, zu sehen waren die Angreifer noch nicht, aber man hörte sie rufen: «One King – King Jesus!» Angstvolle Stille hatte sich über die Burg gesenkt, beinahe lautlos gingen hinter der Barrikade Musketiere in Stellung, in der zweiten Reihe die Bauern, bewaffnet mit Mistforken und Dreschflegeln.

«Ist das gruselig», flüsterte Astrid. Toppe legte den Arm um sie, auch ihm lief ein Schauer über den Rücken. Er sah John im Schatten der Burgmauer stehen und das Szenario aufmerksam im Auge behalten. Beklommene Ruhe, und dann fiel der erste Musketenschuss, die holländischen Soldaten waren da, ihre Helme und Hellebarden blitzten. Ein wildes Geschrei erhob sich, aus der Burg wurde zurückgeschossen. Die Luft war schwer vom Pulverdampf, und die Trommeln schwiegen nicht einen Moment. Männer brachen blutend zusammen, brüllten, röchelten. Frauen kamen gekrochen, zogen sie aus dem Kampfgetümmel und versorgten ihre Wunden.

Jetzt griffen auch die Pikeniere ins Geschehen ein, rückten in Igelformation heran und machten den Weg frei für die große Kanone, die die Holländer heranschoben. Sie richteten sie aus und feuerten. Der Einschlag war markerschütternd, ein Raunen ging durch die Zuschauer, Katharina schrie auf und stolperte rückwärts.

«Fuck!» Sie hatte den Mann, der hinter ihr stand, zum Straucheln gebracht. Toppe entschuldigte sich, zog seine Tochter vor sich und legte beide Arme um sie.

Einer der Stadtverordneten, der an der kleinen Mauer stand, sprintete plötzlich los. «John!», brüllte er. «John, one of your men was shot in his genitals!»

Toppe sah John über die Mauer hechten und auf eine Gruppe Männer zuhalten, die sich im Burggarten ein Scharmützel lieferten, aber er konnte nicht sehen, ob tatsächlich jemand verletzt worden war. Wieder wurden Musketen abgefeuert, dann erbebte die Erde unter dem nächsten Kanonenschlag, und das raue Kampfgebrüll wurde übertönt von einem Schrei aus Hunderten von Kehlen. Auf einmal war die Hölle ausgebrochen, die Zuschauer strebten in panischer Bewegung, laufend, schubsend, stolpernd, auf allen vieren den Burgberg hinab, viele stürzten, wimmerten vor Schmerz.

Toppe konnte auch später nicht erklären, was ihn getrieben hatte, aber in dem Moment, als die Lunte an die Kanone gelegt wurde, hatte er Astrid und Katharina gepackt und sie fast brutal nach hinten gezerrt. Durch die wogenden Leiber hatte er sie bis zum Zaun gebracht, wo sie sich jetzt festklammerten, um nicht mitgerissen zu werden.

Für Toppe war die Welt still geworden. Er sah die Menschen rennen, er sah sie brüllen, aber er hörte nichts, sah, wie die Militialeute ihre Waffen fallen ließen und sich in eine kopflose Flucht stürzten, blickte in die entsetzten Gesichter derjenigen, die hinter der Barrikade gefangen waren. Er sah das qualmende Gewirr von Brettern und Stangen, dort, wo eben noch die Ehrentribüne gestanden hatte, starrte auf die leblosen Körper, zehn, zwanzig, vielleicht mehr.

Ein grauenvolles Flehen riss ihn aus der Erstarrung,

eine Frau kam auf sie zugekrochen, sie hatte keine Füße mehr.

«O mein Gott!» Er drückte das Gesicht seiner Tochter gegen seinen Bauch und fasste mit der anderen Hand Astrid bei der Schulter. «Nimm Katharina», fuhr er sie an. «Sieh zu, dass ihr nach Hause kommt. Bleibt am Rand!»

Sie nickte und nahm das stumme Kind auf den Arm. Toppe hatte das Telefon schon in der Hand und drückte die Kurzwahltaste für die Rettungsleitstelle. Er sah die Kollegen sich durch die Menge nach oben kämpfen, holte tief Luft und ging auf das Chaos zu.

«Drei Tote», sagte der Leitende Notarzt.

Toppe nickte. «Wo haben Sie sie hinbringen lassen?»

«In den Innenhof, sie sind bereits identifiziert. Wie läuft die Dokumentation?»

«Gut, einer meiner Mitarbeiter hat die Einsatzleitung übernommen.»

«Sie werden Melder brauchen, das Handynetz ist zusammengebrochen.»

Es war die alte Geschichte, die Funkfrequenz der Polizei stimmte mit der von Feuerwehr und Rettungsdienst nicht überein, und man war auf das Handy und schlimmstenfalls, so wie jetzt, auf Melder angewiesen, wenn man Informationen weiterleiten musste.

«Für die Einsatzleitung habe ich schon einen Kollegen abgestellt, und mein eigener Melder kommt gleich.»

Toppe wischte sich über die Stirn und wunderte sich, dass seine Hand trocken blieb. Vor ein paar Minuten hatte das Telefon noch funktioniert, und er hatte sich eine kurze Auszeit gestattet und Astrid angerufen. «Katharina geht es gut», hatte sie gesagt. «Sie denkt, alle Leute hätten sich genauso wie sie über den Kanonendonner erschrocken und wären deshalb weggelaufen. Ich lasse sie jetzt hier bei Sofia und komme zurück.»

Toppe warf einen letzten Blick auf das zerstörte Podium und die grauen, stinkenden Pfützen, die die Feuerwehr hinterlassen hatte, und machte sich auf den Weg zum Einsatzleitwagen.

Erst eine knappe Stunde war seit der Explosion vergangen, und alles lief, wie es laufen sollte. Schon nach wenigen Minuten waren die ersten Notärzte da gewesen und hatten gleich an Ort und Stelle die Triage durchgeführt, den Verletzten Sammelkarten angeheftet, rote, gelbe und grüne, und sie dann nach und nach in die sechs großen orangefarbenen Zelte transportieren lassen, die in Windeseile auf dem Marstallplatz aufgebaut worden waren.

Man hatte für eine Einbahnregelung gesorgt, sodass Kranken- und Notarztwagen in stetem Fluss an- und abfahren und die Verletzten zu den verschiedenen Krankenhäusern bringen konnten. Überall waren Ärzte, Sanitäter und Seelsorger. Er selbst hatte sich darum gekümmert, dass jeder Polizist und jeder Kripobeamte, der irgendwie erreichbar war, egal ob aus dem Urlaub oder der Freizeit, unverzüglich hierherbeordert wurde, und er sah sie nach und nach ankommen. Immer noch irrten zu viele Zuschauer umher, aber den Kollegen war es mittlerweile gelungen, die meisten hinter die Absperrung zurückzudrängen, wo sie jetzt anfingen, die Personalien aufzunehmen. Und immer noch strömten

Schaulustige heran, Gaffer, die überall im Weg standen, aber es wurde gerade eine weiträumigere Absperrung aufgebaut.

Auf dem Synagogenplatz starteten und landeten die Rettungshubschrauber. Toppe zog die Schultern hoch, als jetzt der «Life Liner» aus Nimwegen abhob.

Als der Lärm abebbte, hörte er van Appeldorns wütende Stimme: «Ich bringe meine Frau jetzt nach Hause! Ist das klar? Sie können mir gar nichts vorschreiben!»

«Und ob ich das kann!» Der Notarzt, der sich vor ihm aufgebaut hatte, brüllte in derselben Lautstärke zurück. «Ihre Frau wird jetzt unverzüglich ins Krankenhaus gebracht, um die Schwangerschaft zu überprüfen. Haben Sie mich verstanden?»

Toppe hielt sich zurück, Norbert wusste selbst, dass er im Unrecht war.

Von irgendwoher tauchte Jupp Ackermann auf, den Kopf dick bandagiert. «Halb so wild», meinte er leichthin. «Hab bloß 'n Holzsplitter abgekriegt.» Aber er war doch ein bisschen blass um die Nase.

«Wo ist Astrid?», wollte er wissen.

«Ich habe sie mit der Kleinen nach Hause geschickt», antwortete Toppe leise.

«Hätt' ich auch gemacht, Helmut, is' doch ganz normal. Weißt du, wo Peter steckt? Den hab ich doch vorhin noch gesehen.»

Peter Cox war der Aktenführer im Kommissariat.

«Der koordiniert die Dokumentation im Einsatzleitwagen.»

«Kacke, muss ich mir jemand anders suchen. Ich wollt' nämlich in 't T3-Zelt, dat mit den Leichtverletzten, die aufschreiben un' schon ma' gucken, ob einer wat gesehen hat.»

Er schob seine Brille hoch und rieb sich die Augen. «Man kann et irgendwie gar nich' fassen ... Ah, da kommt ja der Doc! Has' du den anrollen lassen? Ich mein, ich weiß, dat der immer vor Ort sein will, wenn wir 'n Toten haben, aber bei der Geschichte hier ... ach, egal.» Damit tippte er sich kurz gegen den Verband, nickte dem Arzt zu und lief den Berg hinunter.

Arend Bonhoeffer war der Pathologe aus Emmerich, der für das KK11 zuständig war, außerdem Toppes ältester Freund und Mitbewohner in der Wohngemeinschaft. Er machte nicht viele Worte. «Habt ihr eine Anlaufstelle für die Angehörigen eingerichtet?»

«Im Kreishaus, die Zentrale leitet die Leute weiter.»

Bonhoeffer nickte und drückte Toppes Schulter. «Tote?»

«Drei – bis jetzt.» Toppe wies ihm den Weg zum Innenhof.

«Helmut?» Es war van Appeldorn, der sich offenbar wieder beruhigt hatte und einen schwarzen Koffer brachte. «Gehört van Gemmern», erklärte er, «der kommt gleich mit dem Rest seiner Ausrüstung. Hast du schon in Düsseldorf angerufen?»

«Das Sprengstoffteam kommt mit dem Hubschrauber, aber sie haben zwei, drei Stunden Vorlauf.» Toppe schaute auf die Uhr. «Werden wohl so gegen sechs hier sein.»

«Bombe?» Klaus van Gemmern, der Mann von der Klever Spurensicherung, sprach selten mehr als das Nötigste.

«Danach sieht es aus», seufzte Toppe.

«Und die Jungs sind unterwegs, höre ich. Okay.»

Dann umrundete er langsam die Explosionsstelle, ging hier und da in die Hocke, um irgendetwas genauer in Augenschein zu nehmen, hielt sich aber die ganze Zeit sorgsam vom eigentlichen Zentrum fern. Nachdem er etliche Fotos geschossen hatte, begann er damit, ein Raster auszulegen und Markierungen anzubringen.

«Ihr müsst weiträumiger absperren», brummte er, ohne aufzusehen.

«Wir sind schon dabei», erwiderte van Appeldorn.

Van Gemmern schnaubte. «Die zweite Reihe da unten? Bringt nichts! Weiträumig heißt bis hoch zur Kirche und runter zum Fischmarkt – mindestens.»

«Ich kümmere mich darum», sagte Toppe und schaute van Appeldorn an. «Ist Ulli im Krankenhaus?»

«Es geht ihr gut», entgegnete der knapp. «Soll ich das mit der Soko übernehmen?»

«Sicher.»

«Gut, dann fahre ich jetzt ins Präsidium und rufe in Krefeld an. Wie viele Leute willst du?»

Toppe strich sich das Haar aus dem Gesicht. «Fünfzehn fürs Erste, würde ich sagen. Und leiere die Pressekonferenz an, sag dem Staatsanwalt Bescheid und dem Landrat, 20 Uhr im Besprechungsraum. Im Anschluss erste Sitzung der Soko, bis dahin müssten die Krefelder da sein. Und mach ...»

«... Quartier, ich weiß.»

Er würde im Präsidium jeden Raum, der mit einem Telefon und einem PC ausgestattet war, frei räumen müssen, damit die Sonderkommission in den nächsten Tagen vernünftig arbeiten konnte.

«Und danach fährst du ins Krankenhaus», sagte Toppe bestimmt.

Er erwartete eine Abfuhr, und van Appeldorn hob auch schon die Hand, aber dann huschte ein halbes Lächeln über sein Gesicht. «Mach ich», sagte er und ging.

Toppe folgte ihm langsam auf der Suche nach dem Leitenden Notarzt. Er entdeckte ihn an der Absperrung in der Nähe des Streifenwagens, um den sich ein Pulk von Fotografen und Reportern scharte. Der Pressesprecher der Klever Polizei hatte sich auf die Kühlerhaube gesetzt und gab den Presseleuten Auskunft – viel konnte er ihnen wahrhaftig noch nicht mitteilen.

Der Leitende Notarzt kam Toppe entgegen. «Achtundsechzig Verletzte», berichtete er, «zehn davon schwer.»

Toppe nickte nur. «Können Sie mir so gegen sechs den Landeplatz frei halten? Die Bombenexperten aus Düsseldorf kommen mit einem Polizeihubschrauber.»

«Ich versuche es, geben Sie mir eine Viertelstunde vor der Ankunft Bescheid.»

An der Absperrung hatte sich ein Musketier der Worcester Militia nach vorn gedrängt und winkte. Es war eine junge Frau mit kupferroten Locken, die bisher unter einer Strickmütze versteckt gewesen waren. «Ich möchte Ihnen meine Hilfe anbieten», rief sie, duckte sich unter dem Flatterband hindurch und kam auf Toppe zugelaufen.

«Detective Sergeant Penny Small, CID Worcester», stellte sie sich vor und reichte Toppe die Hand. «Vielleicht kann ich Ihnen Arbeit abnehmen, indem ich die

Personalien unserer Leute aufnehme und schon einmal erste Befragungen durchführe. Ich habe eine deutsche Mutter», erklärte sie, als sie Toppes Stirnrunzeln bemerkte. «Und ich habe meinen Dienstausweis dabei.»

«Gibt es viele Verletzte unter Ihren Leuten?»

«Ein paar, aber nicht schwer. Sie waren alle in ihrer Panik zum Camp hinuntergelaufen, aber ich habe sie zurückgebracht. Nur den Chef vom Twinning Club hat es wohl schlimmer erwischt, er hat auf dem Podium gestanden. Man sollte die Kollegen in Worcester um Hilfe bitten», meinte sie zögernd, «damit sie die Angehörigen verständigen ...»

«Ja, natürlich», antwortete Toppe, «sobald wir Genaueres über seinen Zustand wissen.»

Er hatte sich entschieden. «Ich wäre froh über Ihre Mitarbeit, Sie können uns eine große Hilfe sein.»

«Ich bin also im Boot?»

«Willkommen an Bord. Die Sonderkommission setzt sich gegen 20.30 Uhr zum ersten Mal zusammen. Soll ich Sie im Lager abholen lassen?»

«Nicht nötig, ich bin mit meinem Motorrad da, und wo Ihr Präsidium ist, weiß ich auch. John hat übrigens einen schlimmen Schock. Er sitzt nur da und stammelt, dass es nicht die Militia war.»

Toppe blickte über sie hinweg.

Penny Small räusperte sich. «Da kommt Ihre Frau, hab sie am Donnerstag im Camp gesehen. Ich mache mich dann an die Arbeit.»

Astrids Augen brannten. «Was ist mit Ruth und Toni?»

«Sie sind tot.»

Drei

Zum ersten Mal war Toppe froh über sein neues eigenes Büro im Verwaltungstrakt.

Er hatte es nur mit Mühe die Treppe hinaufgeschafft, und als er die Tür hinter sich schloss, überkam ihn ein so heftiger Schüttelfrost, dass ihm die Zähne aufeinanderschlugen. Er ließ sich auf seinen Schreibtischsessel fallen und presste die Handballen gegen die Augen, um die Tränen zurückzuhalten, sein Herz raste.

Bis zu diesem Augenblick hatte er einfach nur funktioniert, aber jetzt kamen die Bilder – Astrids weißes Gesicht, die Frau ohne Füße, Ruth, unter Tonis verdrehtem Körper begraben – Katharinas Aufschrei –, der Gestank von verbranntem Fleisch.

Er wusste, dass er Zeit brauchte, bis er wieder hinausgehen und auf Autopilot schalten konnte, aber man ließ sie ihm nicht – das Telefon klingelte. Mit einiger Mühe brachte er ein «Ja?» heraus.

«Helmut? Die Presse ist da, wir können anfangen.»

«Komme.»

Er atmete zitternd durch, ging dann zum Waschbecken, wusch sich das Gesicht und trank ein paar Schlucke Wasser.

Die Luft im Besprechungszimmer war zum Schneiden dick, und Toppe musste ein Würgen unterdrücken, als ihm auf einmal der beißende Qualmgestank seiner eigenen Kleider in die Nase stieg. Alle Stühle waren besetzt, und an den Wänden standen die Reporter und Fotografen in Zweier- und Dreierreihen, eine Kameracrew hatte sich irgendwo dazwischengequetscht. Auf dem Podium warteten der Oberstaatsanwalt, der Landrat und der Pressesprecher. Die Spannung im Raum war mit den Händen zu greifen.

Toppe schlängelte sich durch zu dem freien Stuhl neben dem Landrat.

«Ich übernehme die Begrüßung, in Ordnung?», raunte der ihm ins Ohr. Toppe nickte nur und bereitete sich innerlich auf seine eigene Aufgabe vor. Die Worte des Landrats rauschten an ihm vorbei. «... möchte ich allen Helfern danken, die so schnell und reibungslos gearbeitet und unseren Plan für den Massenanfall Schwerverletzter so vorbildlich und professionell umgesetzt haben ... Ich möchte darauf hinweisen, dass der Ablauf der Veranstaltung in engster Zusammenarbeit mit den Kreisbehörden abgesprochen wurde und dass ausnahmslos alle notwendigen Sicherheitsmaßnahmen eingehalten worden sind ... eine Sonderkommission gebildet, unter der Leitung von Hauptkommissar Toppe, der mein vollstes Vertrauen hat. Ich bin überzeugt, dass die Ermittlungsarbeit in den besten Händen ist.»

Toppe schaute in die Runde. «Bei der Explosion sind drei Menschen ums Leben gekommen», begann er. «Weitere achtundsechzig Personen wurden verletzt, zehn davon schwer.» Seine Stimme war fest, er hatte sich wieder im Griff. «Inzwischen konnten alle Opfer identifiziert werden, da es sich größtenteils um ortsansässige Personen handelt. Wir haben im Kreishaus eine Anlaufstelle für die Angehörigen eingerichtet, an die auch Sie sich wenden können, wenn Sie nähere Informationen benötigen.» Er sah auf seine Hände. «In den ersten Minuten nach der Explosion konnte selbstverständlich nicht verhindert werden, dass zahlreiche Zeugen den Unfallort verlassen haben. Es ist möglich, sogar wahrscheinlich, dass einige durch das Ereignis traumatisiert sind, und ich möchte diese Menschen oder ihre Angehörigen bitten, sich mit der Opferhilfe der Polizei in Verbindung zu setzen. Die Beamten sind Tag und Nacht erreichbar. Unser Pressesprecher wird Ihnen nach dieser Konferenz die Telefonnummern geben, die Sie dann bitte veröffentlichen.»

Die Reporter wurden unruhig. «Nach unserer Schätzung», fuhr Toppe fort, «waren bei der Veranstaltung über fünfhundert Zuschauer anwesend, und es ist anzunehmen, dass unter ihnen wichtige Zeugen sind, die Angaben zum Tathergang und zu möglichen Tätern machen können. Ich bitte all jene, die Auffälliges oder Ungewöhnliches beobachtet haben, sich bei unserer Soko zu melden. Und nun zu Ihren Fragen ...»

Er nickte dem Pressesprecher zu, der das Stimmengewirr, das sofort einsetzte, zum Verstummen brachte, indem er in die Hände klatschte. «Einer nach dem anderen, bitte, und in der Reihenfolge der Wortmeldungen. Ich schlage vor, dass wir zunächst einige Fragen sammeln. Bitte sehr, der Herr in der dritten Reihe.»

Ein wahres Wortgewitter brach los. Toppe wunderte sich über die kaum verhohlene Aggressivität, die ihnen entgegenschlug.

«Kann man eine Verbindung zum internationalen Terrorismus ausschließen?»

«Herr Landrat, können Sie es im Nachhinein verantworten, eine Veranstaltung mit einer derartigen Gefahr für die Bevölkerung genehmigt zu haben?»

«Auch meine Frage geht an den Landrat: Sind Sie nicht der Ansicht, dass die Sicherheitsvorkehrungen bei der Veranstaltung – wohlwollend formuliert – höchst lückenhaft waren?»

«Bomben sind in unserer Stadt wahrlich nicht ungewöhnlich.» Toppe kannte den Reporter, er war von der «Niederrhein Post». «Fast bei jedem Bauvorhaben tauchen Blindgänger aus dem Zweiten Weltkrieg auf. Ist es nicht wahrscheinlich, dass durch die Knallerei der Engländer eine bisher unentdeckte Fliegerbombe hochgegangen ist?»

«Ja», sprang ihm jemand aus den hinteren Rängen zur Seite, «warum sitzt eigentlich keiner von der Worcester Militia bei Ihnen auf dem Podium?»

«Sehr richtig, die wahren Verantwortlichen ...»

«Augenblick mal!», ging Toppe entschieden dazwischen. «Keine vorschnellen Schlüsse bitte! Die Militia ist selbst Opfer und keinesfalls Täter. Sie arbeitet ausschließlich mit Schwarzpulver, das in der Dosierung, in der es auf der Veranstaltung eingesetzt worden ist, völlig ungefährlich war und mit Sicherheit keinen Blindgänger hat zünden können.»

Er ignorierte das allgemeine Raunen. «Nach erster Auskunft der Sprengstoffexperten wurde die Explosion durch eine ferngezündete Bombe ausgelöst, die unter der Ehrentribüne angebracht worden war.»

Stille – schließlich der Reporter in der dritten Reihe: «Dann komme ich zurück zu meiner Frage: Gibt es eine Verbindung zum internationalen Terrorismus?»

Zwanzig Minuten später war der Spuk vorbei.

Toppe hatte die erste Besprechung der Sonderkommission so knapp wie möglich gehalten. Sie wussten alle, dass es für den Ausgang entscheidend war, in den ersten achtundvierzig Stunden nach einer Tat so viele Spuren wie möglich zusammenzutragen und zu verfolgen. «The evidence clock is ticking», hatte Penny Small es zusammengefasst.

Er hatte Ackermann vom Betrugsdezernat abgezogen und ihn in die Soko aufgenommen, und so waren sie mit den fünfzehn Leuten aus Krefeld, die Toppe fast alle kannte, Peter Cox, van Appeldorn, Astrid und Penny Small zwanzig Leute, die in den kommenden zwei Tagen so gut wie rund um die Uhr im Einsatz sein würden.

Bei Cox liefen alle Fäden zusammen, er würde nicht nur jede einzelne Zeugenaussage, jeden anonymen Anruf dokumentieren, sondern auch von jeder Spur, die man am Tatort und im abgesperrten Gebiet fand, eine eigene Spurenakte anlegen. Jedem vordergründig noch so unscheinbaren Hinweis würden sie nachgehen – eine verlorene Kamera, ein Schal, Zigarettenkippen, ein angebissener Hamburger, leere Getränkedosen, Streichholzbriefchen, Papierschnipsel –, bis sie sicher ausschließen konnten, dass irgendetwas davon mit der Tat im Zusammenhang stand. Aber so weit waren sie noch nicht. Damit konnten sie erst beginnen, wenn morgen die Bombenexperten abgerückt waren und die Spurensicherung das gesamte Areal untersucht hatte. Was sie jetzt sofort tun konnten, war, mit den Zuschauern sprechen, die etwas Verdächtiges beobachtet hatten, und das waren, wenn man sich die ersten Vernehmungen vor Ort anschaute, nicht wenige. Toppe hatte seine Leute einzeln losgeschickt. Die Verletzten waren in die Krankenhäuser von Nimwegen, Arnheim, Duisburg, Bochum, Goch, Kevelaer, Emmerich und Kleve gebracht worden. Auch ihre Aussagen mussten aufgenommen werden, wenn sie denn schon vernehmungsfähig waren. Ackermann würde die Kliniken in Arnheim und Nimwegen übernehmen. Er war mit einer Holländerin verheiratet und hatte keine Sprachprobleme. Van Appeldorn hatte sich für die Krankenhäuser im Kreis gemeldet, und zwei Krefelder hatten Kontakt zu den Kliniken im Ruhrgebiet aufgenommen.

Eine Bombe – natürlich hatten sie über das Motiv nachgedacht. Ein terroristischer Anschlag in Kleve? Ausländerfeindlichkeit im Vorfeld der Fußball-WM? Schließlich war bekannt, dass Engländer bei der Veranstaltung sein würden und viele holländische Besucher. Aber ein terroristischer Akt ohne Bekennerschreiben? Warum hatte man ausgerechnet die Ehrentribüne in die Luft gejagt? Wer hatte dort gestanden? War vorher bekannt gewesen, wer dort stehen würde?

«Vielleicht hat einer 'n Rochus auf alle Promis ...», hatte Ackermann sinniert.

«Oder», hatte Cox überlegt, «jemand hatte es nur auf eine einzige Person abgesehen ...»

«Un' dafür so 'n Blutbad, wo zig andere mit hochgehen? So wat macht doch bloß 'n Geisteskranker!»

Toppe schob seine Notizen zusammen und drückte sie Peter Cox in die Hand. Sie waren die Letzten im Besprechungszimmer, alle anderen waren ausgeschwärmt, und sie würden sich erst um acht Uhr am nächsten Morgen wieder zusammensetzen.

«Schreibst du den Bericht?»

«Sicher», antwortete Cox und schob die Papiere zusammen. «Ich dachte gerade, es war doch jede Menge Presse da. Wir sollten uns deren Fotos besorgen, dann sehen wir, wer auf dem Podium gestanden hat, bevor das Teufelsding hochging.»

«Das ist mir auch schon durch den Kopf gegangen.»

«Dann kümmere ich mich darum.»

Toppe zog sich seinen Mantel über. «Ich fahre hoch zur Burg.»

Die Presse hatte die Hoffnung auf eine brandheiße Nachricht noch nicht aufgegeben. Toppe kam an mehreren Übertragungswagen vorbei, als er mit schweren Schritten zur Schwanenburg hochstieg. Der Vorplatz war in überhelles, hartes Licht getaucht, die Bombenexperten hatten die Reste des Podiums inzwischen auseinandergenommen und waren dabei, alle möglichen Dinge in durchsichtige Beutel einzutüten. Einer von ihnen richtete sich jetzt auf und schaute sich suchend um, er trug eine hellrote Baseballkappe. «Spusi», rief er, «wir haben keine Etiketten mehr. Könnt ihr uns aushelfen?»

Klaus van Gemmern, der am Zaun mit einem Seil hantierte, drehte sich nicht einmal um. «Bedient euch, meine Tasche steht da am Baum.»

An der Burgmauer wühlten zwei Männer in der Erde

herum. Dass es John und David von der Militia waren, erkannte Toppe erst auf den zweiten Blick, er hatte sie ja bisher nur im Kostüm gesehen. Sie waren anscheinend damit beschäftigt, die «ground charges» zu entschärfen, die nicht mehr hatten gezündet werden können. Am Rand des bisher ausgelegten Rasters blieb er stehen, hier kam er nicht weiter, ohne Spuren zu verwischen. Er sah Hunderte von Markierungen, auch an den Musketen, Hellebarden und Piken, die die Militialeute auf ihrer Flucht einfach hatten fallen lassen.

«Hier rüber», hörte er van Gemmern vom Zaun am steil abfallenden Burgberg her rufen. «Ich habe hier einen Weg markiert.»

Toppe beeilte sich. «Ist deine Verstärkung inzwischen eingetroffen?»

Van Gemmern nickte kurz. «Vier Leute, läuft gut.»

«Was Neues?» Wie immer ließ Toppe sich von van Gemmerns Stenostil anstecken.

«Frag am besten den Meister, da kommt er schon.»

Der Mann mit der Baseballkappe tastete sich vorsichtigen Schrittes heran.

«Semtex, so viel kann ich mit Sicherheit sagen», bemerkte er und schob die Hände in die Hosentaschen. Er hatte eine ungewöhnlich helle Stimme.

Toppe zog fragend die Brauen hoch.

«Ein tschechischer Sprengstoff, gängig, wird von Amateuren besonders gern verwendet.»

Noch jemand, der sich gern kurz fasste. «Stammt meistens aus Diebstählen in Steinbrüchen.»

«Sie gehen also davon aus, dass hier keine Profis am Werk waren?»

«Sie meinen al-Qaida, IRA oder so was? Nein, bestimmt nicht, war eine ziemliche Stümperei.» Er nahm die Kappe ab und rubbelte sich den Schädel. «Die Feuerwehrleute können übrigens von Glück reden, so wie die hier rumgetrampelt sind. Wir haben nämlich noch drei weitere Sprengsätze gefunden, die nicht hochgegangen sind, aber noch scharf waren. Wie gesagt, ziemliche Stümperarbeit.»

«Ich weiß so gut wie nichts über Bomben», gab Toppe zu.

Der Mann grinste und setzte seine Kappe wieder auf. «Dafür sind wir ja da, ihr kriegt dann den ausführlichen Bericht. Über Zünder und Dämmung habe ich so meine Vermutung, aber da lege ich mich erst fest, wenn das Zeug im Labor war, also morgen im Lauf des Tages. In ein, zwei Stunden sind wir hier durch, den Rest muss dann die Spurensicherung machen.»

«Wissen Sie schon, wie die Bombe ausgelöst wurde?»

«Hm, über ein Handy, ganz nette Idee eigentlich. In der Menschenmenge völlig unauffällig, und wenn man Lust hat, kann man sich das ganze Spektakel aus der Nähe ansehen.»

Norbert van Appeldorn war zum Klever Krankenhaus gefahren, in das zwei der Schwerverletzten gebracht worden waren, Sven Jäger, der Stadtmanager, und Eva Hendricks, die Vorsitzende der Städtepartnerschaft. Beide hatten auf dem Podium gestanden. Jäger war gerade aus dem OP geschoben worden und wurde nachbeatmet, die Frau wurde noch operiert. Ein auskunftsfreudiger Pfleger hatte höchst anschaulich von Hendricks' abgetrennten Füßen erzählt, aber als er sich auch noch über Jägers Pfählungsverletzung auslassen wollte, hatte van Appeldorn die Flucht ergriffen.

«Der Mann ist noch lang nicht über den Berg», schallte es ihm hinterher, als er durch das menschenleere Foyer nach draußen ging und sich eine Zigarette anzündete.

Zwei leichter Verletzte, mit denen er sprechen musste, lagen hier auf der Chirurgischen, Knochenbrüche, hatte man ihm gesagt, und zwei Opfer mit schwerer Gehirnerschütterung waren noch auf der Intensivstation. Sie würden nicht weglaufen. Er schnippte die Zigarette ins Dunkel und machte sich auf den Weg zur Gynäkologie.

Ulli lag auf der Seite und schlief, nur ein kleines Nachtlicht brannte. Als er sich leise auf die Bettkante setzte, schlug sie die Augen auf, und ihm wurde die Kehle eng.

«Es ist alles in Ordnung», murmelte sie mit trockenem Mund und setzte sich schwerfällig auf. Van Appeldorn nahm das Wasserglas vom Nachttisch und reichte es ihr.

Sie trank nur einen kleinen Schluck und fasste nach seiner Hand. «Du zitterst ja. Dem Kleinen geht es gut, wirklich, und mir auch, keine Wehen. Morgen früh darf ich wieder nach Hause.»

«Ich weiß nicht ..., mir wäre es fast lieber, wenn du ..., wenigstens bis ...»

«Ach, Norbert.»

Als Toppe im Präsidium ankam, waren auch die letzten Kollegen von ihren Befragungen zurückgekehrt. Einige telefonierten noch oder schrieben Berichte, aber die meisten waren dabei, sich für die Nacht einzurichten. Man würde sich für ein paar Stunden unter einem Schreibtisch ausstrecken, manche machten es sich in ihren Autos oder in einer leeren Arrestzelle so bequem, wie es eben ging. Isomatten und Schlafsäcke wurden ausgepackt, Bierflaschen herumgereicht, ein paar Schluck nur, damit man leichter in den Schlaf fand. Die Nacht war kurz genug, und in der Früh würden ein paar Becher Kaffee sie wieder auf Touren bringen.

Toppe hätte sich gern noch kurz mit Cox ausgetauscht, aber der war anscheinend schon nach Hause gegangen. Peter verabscheute Nachtarbeit, er brauchte seinen «Schlaf vor Mitternacht», war dafür aber gern schon vor sieben Uhr morgens im Büro.

Toppe gähnte verstohlen und verabschiedete sich mit einem Kopfnicken von den Kollegen. Zeit, dass auch er für eine Weile zur Ruhe kam – Astrid würde schon warten.

Kommissar Josef Ackermann schreckte verwirrt aus dem Schlaf hoch.

«Du hast geweint», flüsterte seine Frau und nahm ihn in die Arme.

Vier Zeitungen waren heute, am Ostermontag, nicht erschienen, aber bei Antenne Niederrhein war seit dem frühen Morgen der Zeugenaufruf der Polizei halbstündlich über den Äther gegangen, und so hatten die Telefone nicht mehr stillgestanden. Peter Cox kam mit heißen Ohren in die Frühbesprechung der Soko und wedelte mit einem Packen Notizzettel. «Was auch immer ihr haben wollt, es ist alles dabei: drei vermummte Jugendliche, die angeblich kurz vor dem Knall in den Moritzpark abgehauen sind, mehrere Funkgeräte sollen gesichtet worden sein, und dann wäre da noch ein ominöser schwarzer Kasten mit Hebel, den eine Frau in einem Fenster des Spiegelturms gesehen haben will», erzählte er, während er umständlich Platz nahm. «Und natürlich die üblichen anonymen Anrufer – Knallzeugen.»

Toppe nickte nur. «Den endgültigen Bericht der Sprengstoffexperten bekommen wir erst heute Mittag, aber wir wissen bereits, dass der Zünder der Bombe ein Mobiltelefon war, der von einem Handy ausgelöst worden ist», begann er.

Was das bedeutete, war allen klar: Mit einem richterlichen Beschluss konnten sie die Mobilnetzbetreiber anweisen, ihnen die Daten aller Telefonate zukommen zu lassen, die rund um den fraglichen Zeitpunkt – die Bombe war um 14.56 Uhr detoniert – im Bereich der

Schwanenburg geführt worden waren. Die Begeisterung über Toppes Neuigkeit hielt sich in Grenzen, und Ackermann sprach aus, was ihnen im Kopf herumging: «Un' wat hilft uns dat? Die Provider sind doch die Pest am Arsch. Bis die uns die Daten liefern, is' mindestens 'ne Woche rum. Un' bis dahin sind die Täter doch längst über alle Berge. Immer vorausgesetzt ...», er hob den Zeigefinger, «... dat die überhaupt inne Nähe waren un' zugucken wollten!»

«Es bleibt trotzdem eine wichtige Spur», sagte van Appeldorn.

Toppes Blick fiel auf die weißen Magnettafeln an den Wänden. Nicht mehr lange, und sie würden sich mit Tatortfotos und Skizzen, mit Fotos der verschiedenen Spuren, die van Gemmern gefunden hatte, und Verknüpfungen füllen. Er hatte entschieden, dass die Soko sich alle vier Stunden zusammensetzen würde. «Letzte Sitzung um 20 Uhr, wenn nötig auch später», sagte er. «Letztendlich möchte ich drei Teams bilden unter der Leitung von Frau Steendijk, van Appeldorn und Ackermann, die mir dann jeweils direkt Bericht erstatten.» Er hielt inne, als er merkte, wie gestelzt er daherredete – die Meinhard hätte das lockerer hinbekommen, aber sie hatte auch mehr Übung gehabt.

«Aber heute haben wir das Problem», fuhr er, wie er hoffte, in normalerem Ton fort, «dass wichtige Ergebnisse erst im Laufe des Tages eintreffen werden: der Laborbericht aus Düsseldorf, die Pressefotos und vor allem die Auswertungen der Spurensicherung. Bis dahin können wir nichts anderes tun, als weitere mögliche Zeugen zu vernehmen.»

«Weiß man schon, wie es den Schwerverletzten geht?», fragte Cox.

«Ich habe eben mit den Krankenhäusern telefoniert», antwortete Toppe. «Man konnte mir nicht allzu viel sagen, aber einige scheinen noch nicht über den Berg zu sein.»

«Ich war ja gestern Abend in Arnheim», meldete sich Ackermann. «Da liegt der Walter Lohmeier, dat is' unser Kammergerichtspräsident, un' der war ma' ganz kurz bei Bewusstsein. Ich hab den gefragt, wieso der eigentlich auffe Tribüne gestanden hat, un' er sagt, er hat 'ne Einladung vom Stadtmanager gekriegt, weil er ja als Chef vonne Burg quasi Gastgeber war.»

«Sven Jäger», nickte van Appeldorn, «der war gestern noch nicht vernehmungsfähig.»

Es klopfte, ein Kollege von der Wache brachte Toppe einen braunen Umschlag. «Pressefotos», sagte er. «Hat die ‹Niederrhein Post› abgegeben.»

Peter Cox hatte sich in sein Büro zurückgezogen und die Tür geschlossen. Das lärmige Hin und Her der Sokoleute auf dem Flur machte ihn nervös, er brauchte seine Ruhe, wenn er anständige Arbeit abliefern wollte, und das hatten mittlerweile auch die anderen vom KK11 akzeptiert.

Er hatte nichts vom «Sturm auf die Schwanenburg» gewusst, denn er weigerte sich standhaft, Lokalzeitungen zu lesen. Und jetzt war er wirklich froh darüber, dass er nicht dabei gewesen war; Helmut, Astrid, Norbert und sogar Jupp Ackermann schienen ihm alle sehr mitgenommen zu sein. Er hatte sich gerade die ersten

Berichte der Sokoleute vorgenommen, um sie zu archivieren, als schwungvoll die Tür aufging.

«Hi, Ihr Chef schickt mich zu Ihnen. Ich brauche einen Computer, damit ich meinen Bericht tippen kann.» Es war die englische Polizistin, die Helmut mit den Ermittlungen bei der Historiengruppe betraut hatte. Cox schob schnell seinen Stuhl zurück und stand auf. «Miss ... ähm, Mrs Small?»

«Sagen Sie Penny zu mir.» Sie streckte ihm ihre Hand entgegen.

«Peter!», gab er zurück und spürte, dass er rote Ohren bekam. Sie war hübsch, klein und nett gerundet, hellrote Locken umrahmten ein frisches Gesicht mit lebhaften dunklen Augen. Irritiert blieb sein Blick an ihrer Lederhose und den schweren Motorradstiefeln hängen.

«Setz dich doch.»

«Okay, danke. Ich habe hier eine Liste mit allen Leuten der Militia, die in Kleve sind. Außerdem ...» Sie schob ihm ein ziemlich schmuddeliges Blatt Papier hin mit Kreuzchen, Kreisen und Buchstaben darauf, die so winzig waren, dass er sie nicht entziffern konnte. «Außerdem haben wir gemeinsam eine Skizze gemacht, die zeigt, wo sich wer zum Zeitpunkt der Explosion aufgehalten hat.» Sie lächelte. «Tja, sehr gut im Zeichnen war ich noch nie, aber ich glaube, man kann es erkennen.»

Cox blinzelte. «Wenn man sich ein bisschen Mühe gibt ...» Er schaute auf. «Dein Deutsch ist phantastisch.»

Sie lachte hell. «Das ist kein Verdienst. Meine Mutter ist Deutsche, ich bin zweisprachig aufgewachsen.»

«Das erklärt's», nickte er. «Waren eigentlich alle auf der Burg, oder ist jemand im Lager geblieben?»

«Es bleibt immer eine Wache im Lager, damit nichts gestohlen wird», antwortete sie. «Gestern waren das Chris und Matthew, außerdem war Sue dort mit den Kindern, die noch zu klein für ein solches Event sind.» Sie kam seiner Frage zuvor. «Keiner von ihnen hat das Lager verlassen. Ich habe sie unabhängig voneinander befragt, und ich habe keinen Grund, ihnen nicht zu glauben. Und sie haben nichts Verdächtiges beobachtet. Keiner von uns, nicht einmal John, der ja die Aufsicht hatte.» Sie lehnte sich zurück. «Rauchst du?»

Cox zog die Schublade auf und holte eine Packung Lucky Strike, einen Aschenbecher und ein Feuerzeug hervor. «Mehr, als ich sollte.»

Früher hatte er sich nie mehr als zehn Zigaretten am Tag gestattet und seine Rationen streng eingeteilt, aber das hatte er inzwischen aufgegeben, beim KK11 schnorrte jeder bei jedem, und die ständigen Frotzeleien der anderen waren ihm irgendwann zu viel geworden.

Sie zündete sich eine Zigarette an und inhalierte mit geschlossenen Augen. «Eigentlich habe ich vor über einem Jahr aufgehört, aber diese Geschichte hier ...»

«Wie geht es deinen Leuten?»

«Körperlich ganz okay, ein paar hatten kleinere Blessuren und mussten im Krankenhaus behandelt werden. Aber sonst? So etwas Entsetzliches muss man erst einmal verdauen.»

«Ich dachte ...»

«Was?» Sie riss die Augen auf und funkelte ihn an. «Du meinst, wo wir doch sowieso Krieg spielen und wild durch die Gegend ballern, müssten wir an so etwas gewöhnt sein?»

«Um Himmels willen», rief Cox und wusste gar nicht mehr, was ihm eigentlich in den Sinn gekommen war, «natürlich habe ich das nicht gemeint!»

Mit fahrigen Fingern nahm er sich auch eine Zigarette und suchte nach der Liste, die er eben noch in der Hand gehabt hatte. Er räusperte sich. «Soweit ich das überblicke, ist sonst nur ein Engländer verletzt worden, James Connor, der Vorsitzende der Städtepartnerschaft in Worcester. Er stand auf der Ehrentribüne.»

«Ja, der Boss vom Twinning Club. Er hat eine Kopfverletzung und ist in Nimwegen im Krankenhaus. Seine Familie ist verständigt worden und auf dem Weg hierher.»

«Kennst du den Mann?»

«Flüchtig.» Sie klang abweisend, und er runzelte fragend die Stirn.

«Nun ja, er ist ziemlich arrogant», sagte sie nur und hielt ihre Kladde hoch. «Wie sieht es denn jetzt mit einem PC aus?»

«Du kannst meinen nehmen, ich muss ein paar Akten anlegen.» Er stand auf und bot ihr seinen Platz an. «Wann wolltet ihr eigentlich nach England zurückfahren?»

«Wir haben die Nachtfähre am Mittwoch gebucht, aber ob das klappt ... John will auf jeden Fall mit deinem Chef sprechen. Ein paar von unseren Jungs müssen am Freitag wieder arbeiten, und deren Jobs sind nicht so sicher, als dass sie einfach wegbleiben können. Und die meisten Chefs werden nicht gerade begeistert sein, wenn sie hören, dass ihre Mitarbeiter in polizeiliche Ermittlungen verwickelt sind.»

«Bei dir wird das wahrscheinlich kein Problem sein, oder?»

«Nö, mein Chef findet es ganz wichtig, dass ich hier mitarbeite. Ich habe meinen Platz auf der Fähre schon storniert, ich bin ja unabhängig mit meinem Motorrad.»

Cox machte große Augen. «Du bist den ganzen Weg von England mit dem Motorrad gekommen?»

«Klar, war ein Supertrip.» Sie schmunzelte. «Du strahlst so, hast du auch eine Maschine?»

«Nein, leider, aber ich bin früher Autorallyes gefahren.»

«Cool!»

Toppe hatte die Pressefotos auf seinem Schreibtisch ausgebreitet und betrachtete eine Aufnahme der Ehrentribüne. Er erkannte Anton und Ruth, den Kammergerichtspräsidenten und den Stadtmanager. Wer die anderen fünf Leute waren und warum sie auf dem Podium gestanden hatten, wusste er nicht.

Sein Magen knurrte und erinnerte ihn daran, dass er seit gestern Mittag nichts mehr gegessen hatte. Mehr als einen halben Becher Kaffee hatte er heute Morgen nicht heruntergebracht, und er hatte immer noch keinen Appetit. Aber er wusste, dass er sich bald irgendetwas aus der Kantine würde holen müssen, bevor sich der drückende Kopfschmerz einstellte, den er immer bekam, wenn er vergaß zu essen.

Er nahm die Liste der Toten und Schwerverletzten aus dem Aktendeckel und legte sie neben das Foto. Ums Leben gekommen waren: Anton Pannier (52),

Ruth Pannier (51) und Franz Hornung (51). Ihre Berufe waren angegeben – Chirurg, Autorin, Diplompsychologe –, nicht aber ihre Ehrenämter. Bei den Schwerstverletzten, die der Notarzt als T1 vermerkt hatte, war es genauso; Walter Lohmeier (62), Richter; Marlies van Bentum (55), Geschäftsfrau; Eva Hendricks (54), Hausfrau; James Connor (41), Schuldirektor; Sven Jäger (36), Stadtmanager, und Jürgen Kolbe (42), Lehrer. Es standen noch weitere vierundzwanzig Schwerverletzte auf der Liste, von denen gleichfalls jeder auf dem Podium gestanden haben konnte.

«Jupp», dachte er. Wenn einer die Leute auf dem Podium problemlos identifizieren konnte, dann war es Ackermann, und er würde vermutlich auch wissen, wie sie zu der Ehre gekommen waren, in der ersten Reihe zu stehen. Bei der Teamsitzung um 12 Uhr konnte er ihn fragen.

Ihm war kalt, er hatte kaum geschlafen. Gegen zwei Uhr war Katharina zu ihnen ins Bett gekommen und hatte es sich so gemütlich gemacht, dass ihm nur ein kleines Plätzchen am äußersten Bettrand geblieben war und er beim Aufstehen jeden einzelnen Knochen im Leib gespürt hatte. Er schaute auf die Uhr. Vielleicht sollte er einen Kollegen von der Opferhilfe zu Tonis und Ruths Haus schicken, deren Kinder mussten inzwischen angekommen sein. Jasper und Matthias studierten beide in Salzburg und teilten sich dort eine Wohnung. Er hatte noch gestern Nachmittag dafür gesorgt, dass die Kollegen vom Müllner Revier den Jungen die Todesnachricht überbrachten. Auch zu Franz Hornungs Familie, die in Materborn wohnte, hatte er einen Beamten geschickt, aber er hatte noch keine Zeit gefunden, mit dem Kollegen zu sprechen.

Das Schwein lebte!

Er stolperte zum Bett, fiel hart auf die Knie und hustete sich die Seele aus dem Leib.

Das verfluchte Schwein lebte!

Hatte ihm mitten ins Gesicht gestarrt, nur ein Schluchzen lang, war dann weitergerannt – weg, weg – wie alle.

Er hatte ihn nicht erkannt!

Das Schwein pulverisieren.

Sein Kopf dröhnte.

Es klopfte.

«Ist alles in Ordnung mit Ihnen?» Die Zimmerwirtin. «Kann ich Ihnen helfen?»

Er biss die Zähne zusammen, richtete sich auf. «Ja, alles in Ordnung. Machen Sie sich keine Sorgen.»

Er hielt die Luft an – sie war gegangen.

Das Schwein hatte auf der Tribüne gestanden, genau wie Chris gesagt hatte.

Und dann war ihm dieses Kind zwischen die Beine gestolpert.

Schwerfällig stand er von den Knien auf und taumelte zum Waschbecken.

Im Spiegel war er derselbe.

Er nahm das Seifenstück, schäumte Hände, Unterarme, Nacken, Hals und Gesicht ein, wartete mit zusammengekniffenen Augen, bis das Wasser aus dem Hahn endlich kalt wurde, und spülte alles ab.

Als Erstes musste er raus hier, weg von dieser Zimmerwirtin.

Am besten eine Ferienwohnung, wo sich keiner um ihn scherte, am besten in der Nähe der Bude, in der das Schwein hauste.

Dann würde er weitersehen.

Morgen. Übermorgen.

Jetzt hatte er alle Zeit der Welt.

Josef Ackermann war ungeduldig, und das kam ihm nicht geheuer vor. «Bloß nich' hudeln», ermahnte er sich laut, «sons' geht dir nachher noch wat dadurch.»

Der «schwarze Kasten mit Hebel», den die Zeugin in einem Fenster im obersten Stockwerk des Spiegelturms der Burg entdeckt haben wollte, hatte sich als ein Stapel staubiger Aktenordner entpuppt, den irgendwer vor Jahren dort vergessen hatte.

Jetzt stand Ackermann vor der Tür des Ehepaares, das die vermummten Jugendlichen gesehen hatte. Markward hießen die Leute.

Der kahle Kirschbaum im Vorgarten war über und über mit knallbunten Plastikeiern behängt. «Bissken üppig», dachte er, aber das dicke Huhn aus Stroh mit den puscheligen Küken drum herum, das an der Haustür hing, hätte seiner Frau gefallen. Er hatte den Finger noch nicht von der Klingel genommen, als die Tür schon geöffnet wurde. Ein kahlköpfiger Mann um die sechzig mit Wohlstandsbauch und Adiletten winkte ihn beflissen herein. «Sie sind doch von der Polizei, oder? Ich hab ja extra angerufen.»

«Klaro», antwortete Ackermann und zückte seinen Dienstausweis, aber Markward schaute nicht hin. «Setzen wir uns ins Wohnzimmer.»

Ackermann folgte ihm in einen düsteren Raum, in dem es eiskalt war. «'n bissken frisch für die Jahreszeit, wa?»

«Man kann es sich nicht aussuchen», grummelte der Mann und zeigte aufs Sofa. «Da.» Er selbst nahm in einem Ohrensessel Platz. «Meine Frau schläft noch. Ich verstehe ja nicht, wie man sein halbes Leben verschlafen kann, aber bitte, jeder nach seiner Fasson. Aber die hat sowieso nichts gesehen, die sieht nie was. Ich jedoch, ich halte meine Augen immer offen. Ich bin bei der Post, müssen Sie wissen, mit Menschen kenn ich mich aus. Ich seh sofort, wenn einer was zu verbergen hat, und die drei hatten Dreck am Stecken, das können Sie mir glauben, so wahr ich hier sitze.»

Ackermann schlug gewichtig seinen Block auf. «Dann fangen wer ma' ganz von vorne an: Wo haben Sie gestanden?»

«Wieso? Ist das wichtig?»

«Ja, sicher, alles is' wichtig. Also?»

«Wir sind ziemlich spät gekommen, obwohl es ja eigentlich nur ein Katzensprung ist, aber meine Frau konnte ihre Stiefel nicht finden. Jedenfalls war es schon rammelvoll, und wir mussten uns unten am Parkplatz hinstellen. Und direkt gegenüber von uns standen die drei Vermummten.»

«Wie genau waren die denn vermummt?»

«Sie hatten so schwarze Jacken an mit Kapuzen, die sie ins Gesicht gezogen hatten, und dann hatten die sich so Schals um den Mund gebunden. Man konnte gar nicht erkennen, ob das Jungs oder Mädchen waren, aber ich würde mal tippen, Jungs.»

«Hatten die irgendwelche Sachen dabei?»

Markward zwinkerte nervös. «Was denn für Sachen?»

«Ein Funkgerät», schlug Ackermann vor.

«N... nein, glaube ich nicht.»

«Handys vielleicht?»

Markwards Miene hellte sich auf. «Sicher hatten die Handys, die haben doch heute alle Handys.»

«Und damit haben die telefoniert?»

«Bestimmt ...»

«Herr Markward!» Ackermann hatte keine Lust mehr, seine Ungeduld zu zügeln. «Ich stell Ihnen jetzt 'ne ganz simple Frage: Haben Sie gesehen, dass einer von denen von einem Handy aus telefoniert hat?»

«Nicht direkt ...», sagte Markward und zuckte zusammen, als Ackermann seinen Kuli auf den Block knallte. «Richtig gesehen habe ich das nicht, aber es könnte sein.»

«Beschreiben Sie mir die Jugendlichen.»

«Hab ich doch schon ...»

Ackermann fixierte ihn streng. «Größe, Alter, Geschlecht, Statur, Hautfarbe, Kleidung, Gebrechen!»

«Weiß ich nicht», antwortete der Mann, schaute dann aber auf einmal hoch, Trotz im Blick. «Schwarze Kapuzenjacken und schwarze Schals und diese fiesen Springerstiefel, mittelgroß, weiße Hautfarbe, jung, ich würde sagen, so sechzehn, siebzehn.»

«Un' wat hat die so verdächtig gemacht?»

«Na, wie die die ganze Zeit so rumgerempelt haben, sah so aus, als würden die sich über andere Leute lustig machen. Und dann auf einmal haben die sich so im Kreis aufgestellt, mit dem Rücken nach außen, wissen

Sie, und irgendwas gefummelt, was man nicht sehen konnte, und dann sind die losgerannt wie ein geölter Blitz den Bleichenberg runter zum Park.»

«Um wie viel Uhr war dat genau?»

Markward wiegte den Kopf. «Ich habe natürlich nicht auf die Uhr geguckt, aber ich würde sagen, so zehn bis fünfzehn Minuten bevor die Bombe hochging. Es war doch eine Bombe, oder?»

Ackermann packte seine Sachen zusammen und stand auf. «Dat können Sie morgen alles inne Zeitung lesen.»

Norbert van Appeldorn war sofort nach der Frühbesprechung zum Krankenhaus gefahren, aber Ulli hatte sich schon von einem Taxi nach Hause bringen lassen. «Du weißt doch, dass ich Krankenhäuser nicht ausstehen kann, deshalb will ich ja auch eine ambulante Geburt», hatte sie gesagt, als er sie über sein Handy erreicht hatte. Sie hatte sich müde angehört.

Früher hatte er persönliche Gefühle völlig von der Arbeit trennen können. Wenn er an einem Fall gearbeitet hatte, war sein Privatleben ausgeblendet gewesen, aber seit er Ulli kannte, war das anders geworden. Als sie mit zweiundvierzig doch noch schwanger geworden war, hatte er sich natürlich gefreut, aber gleichzeitig hatte ihn eine Art Panik ergriffen, ihr könne etwas zustoßen, er könne sie verlieren. Er wusste, dass er ihr mit seiner Überfürsorge auf die Nerven ging, und er wusste auch, dass er in letzter Zeit nicht mehr hundertprozentig bei der Arbeit war. In vierzehn Tagen sollte das Kind kommen, und eigentlich hatte er morgen für drei Wochen in Urlaub gehen wollen, aber das war jetzt selbstverständlich unmöglich geworden. Und so hatte auch er mit den Zeugenvernehmungen weitergemacht – recht glücklos, denn Sven Jäger wurde noch einmal nachoperiert, und Eva Hendricks, die Frau, der beide Füße abgerissen worden waren, hatte nur verzweifelt vor sich hin geweint und kein Wort herausgebracht.

Jetzt saß er am Bett einer rüstigen Siebzigjährigen mit freundlichem Hutzelgesicht, der ein herumfliegendes Trümmerteil den linken Arm gebrochen hatte. «Ich habe neben der Tribüne gestanden», erklärte sie, «ungefähr zwei, drei Meter weg davon. Aber auf die anderen Zuschauer habe ich nicht geachtet, dazu war das ganze Spektakel viel zu spannend. Das ging doch alles so schnell ...» Ihr traten die Tränen in die Augen, und sie fuhr mit der gesunden Hand unter ihr Kopfkissen, zog ein feines Taschentuch hervor und wischte sich zitternd übers Gesicht.

«Möchten Sie etwas trinken?», fragte van Appeldorn, aber sie winkte ab. «Es geht schon. Ich habe noch gehört, dass auf der Tribüne ein Mobiltelefon geklingelt hat, und ich weiß, dass ich gedacht habe, wieso können die diese Dinger nicht mal für eine halbe Stunde abschalten – da kam der Knall, und danach weiß ich erst einmal nichts mehr.»

«Auf der Tribüne?», hakte van Appeldorn nach.

«Ja, so hörte sich das an. Das Ding spielte irgendein Volkslied ... ich kenne das auch, ein deutsches war es nicht ...» Sie hob hilflos die Schulter. «Mein Gedächtnis ... da hapert's manchmal, aber vielleicht fällt es mir ja wieder ein.»

«Antenne Niederrhein hat die Namen der Toten bekanntgegeben», regte sich Toppe bei der Mittagsbesprechung auf.

Ackermann lachte trocken. «Dat is' doch sowieso längst rund. Du glaubst doch wohl nich', dat man so wat hier inne Stadt länger als zwei Stunden geheimhalten kann.»

«Die haben sogar schon Interviews mit irgendwelchen Bürgern gebracht», sagte Astrid bitter. «In dem Tenor: Der Doktor Pannier ist schon seit Jahren mein Arzt, er war so ein feiner Mensch – blabla.»

«Is' ja gut, Mädken.» Ackermann drückte ihre Hand.

Cox betrachtete die gut dreißig Pressefotos, die inzwischen eingegangen waren und die Toppe aufgehängt hatte. «Nicht sehr ergiebig», sagte er. «Alles Hochglanzatmosphäre. Etwas Verdächtiges kann ich darauf beim besten Willen nicht erkennen. Ich könnte mir vorstellen, dass Amateurfotos mehr hergäben.»

«Daran habe ich auch schon gedacht», stimmte Toppe ihm zu.

«O Gott», stöhnte Ackermann. «Heute haben doch Jan, Pit un' alle Mann so 'ne Digikamera. An der Burg hab ich da bestimmt hundert mit rumlaufen sehen. Könnt ihr euch vorstellen, wie viel Fotos wir hier auf den Tisch kriegen?»

«Noch haben wir genug Leute zum Sichten», mischte sich van Appeldorn ein, der bis jetzt nur ruhelos hin- und hergetigert war. «Einen Versuch ist es wert.»

«Dann gebe ich also den Aufruf jetzt an die Presse und an den Rundfunk?», wollte Cox wissen.

Toppe nickte und beendete die Besprechung – bis am

Nachmittag endlich der Laborbericht und van Gemmerns Ergebnisse vorlagen, mussten sie weiter im Nebel stochern.

«Bleibst du noch eben hier, Jupp?», hielt er Ackermann zurück. «Ich würde gern wissen, warum diese Leute auf der Ehrentribüne gestanden haben.» Er legte ihm ein Foto hin. «Vielleicht hast du ja eine Ahnung.»

Ackermann setzte sich wieder. Er hatte inzwischen den Kopfverband durch ein Pflaster ersetzt. «Lass ma' gucken. Diese vier hier kennst du ja wohl, oder? Un' dann haben wir hier die Hendricks, dat is' die Vorsitzende vonne Städtepartnerschaft, Eva, heißt die, glaub ich. Dat hier is' der Engländer, Connor hieß der wohl, der Doktor Pannier hat den doch extra vorgestellt. Un' warte ma' ...» Ackermann schob die Brille auf die Stirn und hielt sich das Foto dicht vor die Augen. «Genau, dat is' der Jürgen Kolbe, irgend so 'n Lehrer un' außerdem Vorsitzender vom Sportausschuss bei de Stadt. Wat hatte der denn auf dem Podium zu suchen? Wollt' sich wohl wichtig machen ... Un' hier haben wir die Marlies van Bentum, dat is' die Chefin vom Heimatverein oder wie dat jetzt so schön heißt: Klevischer Verein für Kultur und Geschichte und Freunde der Schwanenburg e.V.» Er schüttelte den Kopf. «Die spinnen doch!» Dann sah er Toppe lange an. «Ich hätt' nich' gedacht, dat ich dich ma' um deinen Job beneiden würd', aber du kanns' echt froh sein, dat du nich' mit den ganzen Armleuchtern sprechen muss'. Ich hab vielleicht 'n Brass. Vermummte! Da passiert so wat Furchtbares, un' jeder Heiopei meint, er könnt' sich wichtig machen.»

Astrid nahm sich eine Stunde frei. In der Frühe hatte sie Katharina zu ihren Eltern gebracht und sich mit ein paar hastigen Erklärungen so schnell wie möglich verabschiedet. Sie wusste, dass sie in den nächsten Tagen wohl selten vor Mitternacht nach Hause kommen würde, und es blieb ihr nichts anderes übrig, als ihre Eltern zu bitten, dass Katharina in nächster Zeit auch über Nacht bei ihnen bleiben konnte, und ihr graute davor. Nicht dass ihre Eltern etwas dagegen hatten, sie liebten ihre Enkelin, aber sie würden nicht mit ihrer Missbilligung über ihren «gefährlichen» Beruf und ihre augenscheinlich schwach ausgebildeten Muttergefühle hinterm Berg halten. «Wenn das Terroristen waren, dann werde ich höchstpersönlich dafür sorgen, dass du vom Dienst freigestellt wirst», hatte ihr Vater ihr heute Morgen gedroht. «Du hast schließlich ein Kind.» – «Das haben andere auch», hatte sie nur lahm entgegnet und es vermieden, darauf hinzuweisen, dass er sich «höchstpersönlich» aus ihrem Leben herauszuhalten habe.

Die Innenstadt war voller Menschen, sie drängten sich sogar auf den Straßen, sodass sie nur langsam vorankam. Über der Burg kreiste ein Hubschrauber. Das musste van Gemmern sein, der Luftaufnahmen machte. An der Absperrung standen mehrere Übertragungswagen von Privatsendern, alle umgeben von Menschentrauben. Jeder schien hautnah dabei gewesen zu sein und wollte es zum Besten geben. Geier! Überall am Flatterband hatte man Blumensträuße abgelegt, Kerzen flackerten, sogar zuckersüße Kuscheltiere lagen da. Trauerdeponie! Es fehlten nur noch die Schilder mit dem schmerztriefenden «Warum?!». Der Exhibitionismus all dieser betroffenen Gutmenschen war von den USA über England – mit Schaudern erinnerte sie sich an den Tod der Prinzessin von Wales – nun auch zu ihnen herübergeschwappt. War das Trauer? Nein, wohl eher der plakative Versuch, das Schreckliche magisch aufzuheben.

Sie holperte eine Bordsteinkante hoch, hielt den Wagen auf dem Bürgersteig an und kurbelte das Fenster herunter. Sie bekam kaum Luft. Die Spurensicherung hatte mittags die ersten Tatortfotos aufgehängt, und sie wünschte, sie hätte sie nicht anschauen müssen. Blutige Körperteile, ein Fuß in einem makellos glänzenden Damenschuh und daneben Toni, der über Ruth lag, als wollte er sie mit seinem Körper schützen, sein aufgerissener Rücken.

Sie musste hier weg, nach Hause, Katharinas Sachen packen und irgendwie wieder auf die Reihe kommen, bevor sie ihren Eltern gegenübertrat. Jemand klopfte aufs Autodach und reichte ihr einen Handzettel durchs Fenster. Die Kirchengemeinden boten Sondergottesdienste für alle, die betroffen waren und Trost suchten. Prompter Service!

Am Nachmittag lag endlich der Laborbericht aus Düsseldorf vor: Der Sprengstoff war tatsächlich Semtex gewesen, die Zündladung hatte aus Kaliumchlorat mit Aluminium- und Magnesiumpulver bestanden, als Anzündsatz war Collodiumwolle verwendet worden. Zusätzliches Splittermaterial hatte es nicht gegeben. Ausgelöst worden war die Bombe durch ein Mobiltelefon. Drei weitere Sprengsätze waren in Reihe geschaltet gewesen, jedoch nicht ausgelöst worden. Möglicherweise waren sie nass geworden, aber das ließ sich nach den Löscharbeiten der Feuerwehr nicht mit Sicherheit sagen. Es handelte sich um den typischen Sprengsatz eines Laien, und ein terroristischer Hintergrund war mit hoher Wahrscheinlichkeit auszuschließen. Klaus van Gemmern hatte einen Rolleimetric-Plan aufgehängt. Er hatte Luftaufnahmen gemacht und mit Hilfe des Computers eine große Skizze erstellt, auf der man genau erkennen konnte, in welche Richtung sich die Druckwelle ausgebreitet hatte und welche Gegenstände wohin geflogen waren. Die ersten Fotos von den Dingen, die man im weit abgesteckten Gebiet um die Burg gefunden hatte, waren auch schon da.

Toppe hatte Kaffee, Wasser, belegte Brötchen und Kuchen kommen lassen, aber kaum einer rührte das Essen an. Sie waren angespannt – endlich konnten sie konkreten Spuren nachgehen. Schließlich übergab er Penny Small und einem Kollegen aus Krefeld die Aufnahmen der Musketen und anderen Dinge, die offenbar der Militia gehörten, und schickte sie zur Überprüfung ins Lager. Eine zweite Gruppe unter der Leitung von Norbert van Appeldorn sollte die Besitzer der Handys aufspüren, die man in dem Durcheinander rund um die Burg gefunden hatte, es waren elf Stück. Nach und nach trafen auch die ersten Amateurfotos ein, einige als Papierabzug, die meisten aber auf Disc. Astrid nahm sie mit in ihr Büro, um sie zu sichten. Alle anderen machten sich wieder mit ihren Zeugenlisten auf den Weg.

Nur Peter Cox blieb im Besprechungszimmer, um mit den Fotos der am Tatort gefundenen Gegenstände Spurenakten anzulegen. Er betrachtete gerade die Aufnahme einer glatten ovalen Scheibe, die, wie das danebenliegende Maßband anzeigte, zwei Zentimeter lang war, und zerbrach sich den Kopf, um was es sich dabei wohl handeln konnte, als Astrid ihn anrief. «Ich verstehe nicht viel von Digitalkameras», sagte sie. «Auf den meisten Fotografien ist unten eine genaue Zeitangabe, wann die geschossen worden sind, auf manchen aber nicht.»

«Die Funktion kann man abstellen», erklärte er. «Auf die Uhrzeiten kannst du nicht allzu viel geben. Die muss jeder selbst einprogrammieren, und damit nehmen es viele nicht so genau. Bei meiner Kamera ist zum Beispiel immer noch Winterzeit.»

Um halb zehn hatte Toppe für seine Leute Pizza bestellt, um sie danach in den Feierabend zu schicken. Aber van Appeldorn war nicht zum Essen geblieben, und auch Cox war lieber schlafen gegangen.

Inzwischen war es fast Mitternacht. Im Haus war es still geworden, nur Astrid saß bei ihm im Büro und Ackermann, der einfach nicht zur Ruhe kam. «Ich find sowieso keinen Schlaf.»

Astrid rieb sich die Schläfen. «Ich stelle mir die ganze Zeit vor, alle vier Bomben wären hochgegangen, das wäre ein unvorstellbares Blutbad geworden. Und ich begreife einfach nicht, wer so etwas tun wollte.»

«Wenn dat 'n Einzelner war, dann muss der 'n verdammten Hass haben. Aber auf wen? Auf die ganze Menschheit? Dann is' et 'n Verrückter.»

«Die Bomben waren unter der Ehrentribüne angebracht», sagte Toppe, «also waren die Ehrengäste das Ziel.»

«Jemand, der einen Hass auf die Stadtspitze hat?», fragte Astrid zweifelnd.

«Aber da standen doch gar nich' die Oberpromis», gab Ackermann zu bedenken. «Dat war doch bloß die zweite Garnitur.»

«Vielleicht wusste der Täter das nicht.»

«Das ist eine Sache», sagte Toppe, «wir wissen, dass die Opfer alle Ehrenämter hatten. Aber vielleicht haben diese Leute noch etwas anderes, das sie verbindet, irgendeine andere Gemeinsamkeit.»

«Aber wat könnt' dat sein?», überlegte Ackermann. «Müsst' man ma' nach gucken.» Er schaute sie beklommen an. «Ich weiß et nich', aber ich hab irgendwie ein Scheißgefühl, so als ob dat noch nich' alles gewesen is'.»

Thorsten weint. Hat sich auf dem Lokus eingeschlossen und weint.

«Mach auf, ich bin's!»

«Geh weg!» Aber er entriegelt doch das Schloss und fällt ihm in die Arme. «Die haben mein Tagebuch geklaut.»

«Sch…» Er reißt ein Stück Klopapier ab und wischt ihm das Gesicht. «Wer?»

«Sie wollen es fotokopieren und verteilen.»

«Wer?»

«Kai …»

«Dem reiß ich den Arsch auf!»

Mit einem Ruck fuhr er aus dem Traum hoch, saß im Dunkeln, wusste nicht, wo er war, schwitzte.

Die Pension. Morgen zog er aus, er hatte eine Wohnung gefunden, hatte die richtige Wohnung gefunden.

Er würde das Schwein nicht mehr aus den Augen lassen.

«Diese Arschlöcher! Ich war nicht in der Kapelle. Ich hab den Scheiß nicht gebaut.»

Thorsten streichelt ihm die Hände. «Ich helfe dir.»

«Ach Thorsten, wie denn?»

«Ich geh zum Direx und rede mit dem.»

«Der pisst sich vor Lachen in die Hose, der hat mich doch sowieso auf dem Kieker.»

«Aber du bist es doch diesmal nicht gewesen. Ich sage einfach, dass wir die ganze Zeit zusammen waren. Mir glaubt er. Du bist mein Freund, die anderen sind mir egal.»

Er nimmt ihn in den Schwitzkasten, und sie lachen, hören gar nicht mehr auf.

Fünf

«Debriefing», sagte Cox ungläubig, «mit uns?»

«Warum erstaunt dich das so?», fragte der Kollege Möhrmann von der Opferhilfe. «Hast du gedacht, so ein Ereignis geht spurlos an euch vorüber, nur weil ihr bei der Polizei seid? Auch die Rettungskräfte werden betreut. Ein Psychologe hat heute mit Astrid, Helmut, Jupp und Norbert gesprochen, und im Augenblick scheinen sie stabil zu sein. Da du der Einzige bist, der bei diesem Horror nicht dabei war ...»

«Eben», unterbrach Cox ihn hastig, «ich bin erst dazugekommen, als das Schlimmste vorbei war. Ich brauche keinen Psychologen, mir geht es gut, ehrlich.»

«Das weiß ich ja, deswegen möchten wir dich für die vier Kollegen ja auch als Supervisor einsetzen.»

Cox sperrte verblüfft den Mund auf. «Mich? Aber das kann ich nicht, dafür bin ich doch gar nicht ausgebildet.»

«Jetzt mach dir nicht gleich ins Hemd.» Möhrmann lächelte beschwichtigend. «Du sollst lediglich die anderen im Auge behalten und darauf achten, ob einer von ihnen anfängt zu dekompensieren. Sie sind nämlich nach wie vor hochgradig gefährdet.»

«Und wie soll ich das merken?» Cox spürte Panik aufsteigen. «Ich habe nicht die geringste Ahnung von solchen Dingen.»

«Ach, komm schon, da ist nichts weiter dabei. Achte einfach darauf, ob sich einer plötzlich anders verhält.»

«Du hast leicht reden», sagte Cox und knetete seinen Nacken. «Wie muss ich mir das denn konkret vorstellen, wenn jemand dekompensiert?»

«Das ist ganz unterschiedlich, aber, glaub mir, du wirst es schon merken. Schließlich kennst du sie alle seit Jahren. Deshalb haben wir dich doch ausgeguckt.»

«Na, herzlichen Dank auch. Als hätte ich nicht genug um die Ohren. Sieh dir doch das Chaos hier an.» Er deutete auf den Wust von Berichten und Fotos auf seinem Schreibtisch. «Und ich kann zusehen, wie ich da Grund reinbekomme.»

Toppe rief noch einmal beim LKA in Düsseldorf an und ließ sich zum Sprengstofflabor durchstellen.

«Ja, mittlerweile haben wir auch die Munition der Engländer überprüft, der Bericht ist eben an euch rausgegangen. Pures Schwarzpulver, relativ feine Körnung, hat mit eurer Bombe nicht das Geringste zu tun.»

Zufrieden legte Toppe den Hörer auf. Er war von Anfang an davon ausgegangen, dass die Militia mit der Explosion nichts zu tun hatte. John und David hatten beide einen Sprengmeisterschein und wussten, was sie taten. Und Penny Small hatte mit ein paar anderen das Lager und den Reisebus, mit dem die Truppe unterwegs war, durchkämmt und keine andere Munition als Schwarzpulver gefunden, geschweige denn Collodiumwolle oder irgendwelche Pulver und Hülsen. Eine andere Frage hatte ihn schon den ganzen Morgen beschäftigt: Warum hatte eigentlich nur die zweite Garnitur der Prominenz auf der Tribüne gestanden? Auch Kleve hatte seine MdL und MdB, die sich bei Großereignissen gern in die erste Reihe stellten, und der amtierende Bürgermeister hatte besonders viel Freude an öffentlichen Auftritten. Wieder griff er zum Telefon und wurde gerade zum Bürgermeister durchgestellt, als Ackermann in der Tür stand. Toppe winkte ihn herein.

«Herr Toppe?», kam es aus dem Hörer. «Ich kann Ihnen gar nicht sagen, wie froh ich bin, dass Sie sich persönlich bei mir melden. Haben Sie denn schon neueste Erkenntnisse? Nicht?» Toppe kam gar nicht dazwischen. «Sagen Sie mir bitte, wie ich helfen kann. Ich bin bereit, Sie aufs deutlichste zu unterstützen. Es ist für alle Bürger unserer Stadt ein traumatisches Ereignis, auch für mich persönlich, denn Anton Pannier war mir ein enger Freund. Ich kann es noch gar nicht verarbeiten.»

«Ja», sagte Toppe nur und schluckte. «Ich hätte ein paar Fragen.»

«Gerne, wie gesagt, ich werde gern helfen.»

«Hatten Sie eine Einladung zu der Veranstaltung am Sonntag?»

«Sicher, solche Einladungen kommen immer bei mir an, und meine Sekretärin teilt die Öffentlichkeitstermine immer unter mir und den stellvertretenden Bürgermeistern auf. Diese Masse von Veranstaltungen kann einer alleine unmöglich stemmen. In diesem Fall habe ich Anton vorgeschlagen, einfach weil er am besten Englisch spricht und die Leute von früher kennt. Wenn ich auch nur geahnt hätte ...» Er verstummte schockiert, offenbar wurde ihm jetzt erst bewusst, wie gnädig ihm das Schicksal gewesen war.

«Wer hat Ihnen die Einladung geschickt?», fragte Toppe.

Der Bürgermeister räusperte sich. «Ich gehe davon aus, der Stadtmanager, Herr Jäger ... Der ist ja auch schwerstens verletzt. Man findet keine Worte, es ist zu monströs.»

«Ich habe eine Reihe von Leuten auf der Ehrentribüne vermisst, die man bei solchen Anlässen häufig sieht, Herrn Baum, Frau Klapproth und Herrn Marx zum Beispiel.»

«So wie ich gehört habe, hatten sie schon anderweitig Termine», antwortete der Bürgermeister zögernd.

«Sie waren aber ursprünglich eingeladen?»

«Meines Wissens nach zumindest Herr Marx und Herr Baum.»

«Wann haben Sie die Einladung erhalten?»

«Da muss ich meine Sekretärin fragen. Bleiben Sie einen Moment dran.»

Toppe nutzte die Pause und fischte seine Zigaretten aus der Hosentasche.

Es knackte in der Leitung. «Herr Toppe, hören Sie? Die Einladung ist vor neun Wochen hier eingegangen, und ich hatte recht, sie kam von Sven Jäger.»

«Danke ...»

«... und wie gesagt, ich stehe Ihnen jederzeit zur Verfügung. Es ist vielleicht hilfreich, wenn ich Ihnen die Nummer meines Diensthandys gebe und selbstverständlich auch die meiner privaten Handys ...»

«Vielen Dank, aber das ist im Augenblick nicht ...»

«Ich hinterlasse sie bei Ihrer Zentrale, für alle Fälle.»

Ackermann gab Toppe Feuer. «Anderweitig Termine,

dat ich nich' lache!», schimpfte er. «Die haben bloß den Arsch eingekniffen, wie dat inne Zeitung stand von wegen ‹Krieg spielen›. Dabei rennen die doch sonst auf jedes verdammte Schützenfest, un' bei jedem Treffen vonne Bundeswehr oder vonne Nato sind die immer ganz vorne mit dabei. Un' hier machen die sich auf einma' in die Hose – wat 'ne Heuchelei!»

Toppe antwortete nicht.

Ackermann beobachtete ihn. «Is' ja auch egal», sagte er ein wenig leiser. «Ich hab gehört, bei dir is' der Psycho auch schon gewesen. Du bis' also auch – wie hieß dat noch? – debrieft worden. Hättes' du dir träumen lassen, dat uns auf unsere alten Tage so wat ma' passiert?»

«Nein», sagte Toppe und drückte die halbgerauchte Zigarette aus, «aber wenn ich ehrlich sein soll, kommt mir die ganze Geschichte vor wie ein böser Traum.»

«Stimmt auch wieder. Hör ma', weswegen ich eigentlich hier bin: Ich hab doch geguckt, ob et bei den Leuten, die auf dem Podium gestanden haben, Gemeinsamkeiten gibt. Aber bis jetz' find ich nix. Wir haben sechs Männer un' drei Frauen, wir haben zwei vonne CDU, einen vonne SPD, zwei sind parteilos un' drei bei de Grünen. Die sind übrigens alle tot, aber ob dat wat mit de Politik zu tun hat ... ich weiß et nich'. Wir haben acht Deutsche un' einen Engländer. Beruflich sind die sich nich' begegnet, bloß über de Ehrenämter, un' soweit ich bis jetz' weiß, haben die privat nich' viel miteinander am Hut gehabt. Ich lass grad checken, ob die schon ma' irgendwo in dieser Formation aufgetreten sind, aber bis jetz' is' da auch bloß Essig.»

«Mist», sagte Toppe, aber Ackermann winkte ab. «Dat wird schon noch, ich bleib am Ball.»

Das hellgrüne Handy, das die Spurensicherung im Durcheinander an der Schwanenburg gefunden hatte, gehörte Janina Kranz, einer vierzehnjährigen Schülerin aus Leverkusen, die die Osterferien bei ihren Großeltern in Bedburg-Hau verbrachte. Sie hatte sich zusammen mit ihrem Großvater das Spektakel angeschaut und war nach der Explosion, von anderen Zuschauern mitgerissen, geflohen. «Ich habe das alles gar nicht so richtig verstanden», meinte sie. «Ich hatte nur Angst um meinen Opa, dass der hinfällt oder so.»

Das Handy hatte hinten in ihrer Jeans gesteckt und musste bei der holperigen Flucht herausgefallen sein. «Es war unheimlich laut, wie soll ich da telefoniert haben? In Opas Auto, als wir hingefahren sind, hab ich noch Monique angerufen, aber nachher nicht mehr.»

Das musste der Provider noch bestätigen, aber van Appeldorn war sicher, dass das Mädchen völlig unverdächtig war – ebenso wie die Besitzer der anderen beiden gefundenen Handys, die er schon überprüft hatte. Er ließ sich gerade ihre Aussage vom Großvater bestätigen, als sein eigenes Telefon klingelte. Auf dem Display erschien die Nummer seines Festnetzanschlusses, und es kam ihm gar nicht in den Sinn, das Zimmer zu verlassen. «Ulli, was ist los?»

«Ich bin nicht sicher. Ich glaube, es sind nur Senkwehen, aber ...»

Sein Magen flatterte. «Ich bin in einer Viertelstunde bei dir, bleib ganz ruhig.»

Peter Cox starrte zum Fenster hinaus in den feuchtgrauen Tag und haderte damit, dass man ausgerechnet ihn zum Supervisor bestimmt hatte. Er war doch wahrhaftig kein Experte für zwischenmenschliche Beziehungen, was jeder mühelos daran erkennen konnte, dass er keine Partnerin hatte. Dabei hielt er seit Jahren Ausschau. Eine Zeit lang hatte er es sogar im Internet versucht und dabei Irina kennengelernt, eine attraktive Frau aus Sibirien. Als sie ihn schließlich besuchen kam, war er voller Hoffnung gewesen, aber dann hatte er herausgefunden, dass sie ihm ein Kind unterschlagen hatte, und damit war die Sache für ihn beendet gewesen. Er verabscheute Lügen. Gegen Kinder hatte er eigentlich nichts, auch wenn er sich mittlerweile manchmal ein bisschen zu alt dafür fühlte. Aber nun denn, Norbert war auch schon einundfünfzig, fast sieben Jahre älter als er.

Er wischte über die beschlagene Fensterscheibe. Seine ledige Mutter war bei seiner Geburt gestorben, und er war bei seinen Großeltern aufgewachsen, vielleicht hatte ihn das ein wenig wunderlich gemacht. Obwohl, in den letzten Jahren ... seitdem er hier in diesem Kollegium arbeitete, war er lockerer geworden. Gut, er brauchte immer noch eine gewisse Ordnung, aber die Welt ging schon lange nicht mehr unter, wenn er nicht pünktlich um zwölf Uhr sein Mittagessen bekam oder es einmal nicht schaffte, am Dienstag die Bettwäsche zu wechseln.

Er war schon immer ein Spätzünder gewesen und ein Eigenbrötler dazu, hatte sich am liebsten in die Welt der Computer vergraben. Sein einziges Aufbegehren gegen das starre Erziehungskorsett seines Großvaters waren die

Autorallyes gewesen. Und als der Alte dem einen Riegel vorschieben wollte, war er nach Berlin durchgebrannt, wo er sich – schon mit neunzehn groß und kräftig – ein paar Wochen als Türsteher durchgeschlagen hatte, bis der Großvater ihn aufspürte. Danach wurden Autorallyes stillschweigend geduldet, und sogar sein Eintritt in einen Boxclub blieb unkommentiert.

Unten auf dem Parkplatz rollte ein schwarzes Motorrad aus – das musste Penny sein. Gekonnt bockte sie die Maschine auf, nahm den Helm ab und schüttelte ihre Locken. Sie war wirklich ausnehmend hübsch. Er winkte, als sie ihn am Fenster entdeckte, und sie signalisierte, dass sie zu ihm wollte. Er hechtete zum Schreibtisch, um in sein Jackett zu schlüpfen, überlegte es sich aber anders. Er hatte gar keine Lust, eine Schau abzuziehen. Stattdessen öffnete er die Bürotür, lehnte sich gegen den Rahmen und wartete.

Sie lächelte blass, als er ihr Helm und Jacke abnahm, irgendetwas bedrückte sie.

«Ist was passiert?», fragte er vorsichtig.

«Nicht direkt», antwortete sie und setzte sich. «Ich habe nur nicht sorgfältig genug gearbeitet, und das fuchst mich.»

«Das fuchst dich», murmelte er. Ein Ausdruck, den er lange nicht mehr gehört hatte, sie musste ihn wohl von ihrer Mutter übernommen haben.

«Na gut, es ist ja noch nicht zu spät», sagte sie mehr zu sich selbst, dann straffte sie die Schultern und schaute ihm in die Augen. «Hör zu, ich fühle mich nicht besonders gut bei dem, was ich erzählen muss, und ich glaube auch, dass letztendlich nichts dabei herauskommt, zumindest hoffe ich das. Aber es ist eine Spur, der wir nachgehen müssen.»

Er konnte ihr Mienenspiel nicht deuten. «Ihr wollt meine Mitarbeit als Polizistin, okay? Also denke ich wie eine Polizistin, und ich handele wie eine Polizistin, okay?»

«Okay», antwortete er vorsichtig. Wollte sie irgendeine Art Absolution von ihm? Wie alt mochte sie sein? Anfang, Mitte dreißig? Sie trug keinen Ring.

«Leg los, Polizistin!»

Sie breitete einen weiteren schmuddeligen Zettel voll kryptischer Kritzeleien auf dem Schreibtisch aus. «Ich habe dir erzählt, dass während des Events drei Leute im Lager zurückgeblieben sind: Sue für die Kinderbetreuung und Chris und Matthew als Wachen. Und ich habe dir erzählt, dass keiner von ihnen das Lager verlassen hat, nicht wahr?» Sie erwartete keine Antwort. «Wie sich jetzt herausstellt, stimmt das aber nicht. Pass auf, die Stadt hat uns einen Schlüssel für das Hallenbad neben dem Lagerplatz gegeben, damit wir dort die Toiletten und Duschen benutzen können. Und jetzt finde ich heraus, dass Matthew während des Sturms auf die Burg auf dem Klo war. Und das hat er mir verschwiegen, und ich frage mich natürlich, warum. Er war übrigens wohl länger auf dem Klo, Sue sagt, er ist erst nach der Bombe wieder zurückgekehrt, als die Ersten von der Militia in Panik ins Lager gerannt kamen.»

«Worauf willst du hinaus?»

Sie seufzte. «Matthew Hendry hasst James Connor», sagte sie resigniert.

Cox stutzte. «James Connor ist der Chef vom Twinning Club, oder? Der, der auf dem Podium gestanden hat und jetzt in Holland im Krankenhaus liegt.»

«Genau», bestätigte Penny. «Und Matthew hasst diesen Mann aus tiefster Seele. Es hat ihn fast verrückt gemacht, als Connor letztes Jahr nach Worcester gezogen ist und gleich den Vorsitz im Twinning Club übernommen hat.»

«Also gut», sagte sie, als sie Cox' leicht verwirrten Gesichtsausdruck bemerkte. «Ich fange am besten ganz von vorn an. Matthews Eltern gehören nicht unbedingt zur Creme der Gesellschaft, aber sie sind in den Achtzigern irgendwie zu Geld gekommen und hatten die glorreiche Idee, ihren Sohn auf eine Privatschule nach Schottland zu schicken. Dort war James Connor sein Lehrer und Hausleiter, oder wie man das nennt, ich kenne mich in diesen Kreisen nicht so aus. Jedenfalls hatte er Matthew von Anfang an auf dem Kieker und hat ihm das Leben zur Hölle gemacht, ihn vor den anderen Schülern wegen seiner Herkunft gehänselt, ihn wegen seiner wohl schwachen Leistungen verhöhnt. Mit sechzehn ist Matthew dann von der Schule geflogen, und er macht Connor dafür verantwortlich. Für seine Eltern ist der Junge seitdem gestorben. Er ist mittlerweile neunzehn, hat keinen Schulabschluss und keine vernünftige Arbeit. Die Militia ist seitdem seine Familie, er wohnt mal bei diesem, mal bei jenem, und wir versuchen, ihm Jobs zu besorgen. Zwischendurch hatte er sich sogar einigermaßen gefangen und wollte wieder zur Schule gehen, aber dann tauchte plötzlich James Connor in Worcester auf. Er ist dort Leiter der Gesamtschule geworden. Vielleicht hätte Matthew das gar nicht erfahren, wenn Connor nicht Vorsitzender des Twinning Clubs geworden wäre und wir die Reise nach Kleve nicht geplant hätten. So hatten wir zwangsläufig mit ihm zu tun. Und seitdem steht Matthew unter Strom. Er trinkt ziemlich viel, und wenn er betrunken ist, verliert er die Kontrolle. Er hat Connor eines Tages nach der Kirche aufgelauert und ihn angegriffen. Das ist aktenkundig. Glücklicherweise ist ein Passant dazwischengegangen, und Matthew ist noch glimpflich davongekommen. Er hatte ja keine Vorstrafen.» Sie hielt inne. «Hast du vielleicht etwas zu trinken da, Wasser oder Limo?»

«Leider nicht», antwortete Cox und bückte sich nach seiner Tasche. «Pfefferminztee?»

Er stellte die Thermoskanne auf den Tisch, aber sie verzog das Gesicht. «Damit kannst du mich jagen. Es geht schon. Na, jedenfalls habe ich jetzt etwas erfahren, das mir nicht gefällt. Seit ein paar Monaten wohnt Matthew bei Chris, und der erzählt mir, dass Matthew davon redet, Connors Tochter zu entführen. Er hat ihren Schulweg ausgekundschaftet und solche Dinge. Er schmiedet Pläne, verstehst du?»

«Ja», sagte Cox zögernd, «und du glaubst, dass dieser Matthew sich jetzt etwas anderes ausgedacht hat und Connor mit einer Bombe hochgehen lassen wollte?»

Penny seufzte wieder und befeuchtete ihre Lippen. «Ich kann es mir eigentlich nicht vorstellen, aber Fakt ist, dass Matthew sich seit Monaten mit einem Rachefeldzug beschäftigt, dass er, seit wir in Kleve sind, sehr verschlossen war und kaum am Lagerleben teilgenommen hat, dass er am Sonntag betrunken war und dass er mich angelogen hat.»

«Hattet ihr das Lager nicht nach Bombenmaterial durchsucht?»

«Doch, natürlich, auch das private Gepäck. Aber, mein Gott, wir kampieren mitten in der Wildnis, da gibt es tausend Verstecke.»

«Hm, ich glaube, es ist besser, wenn ich Helmut dazuhole.»

Sechs

Toppe fackelte nicht lange.

Er schickte Penny Small mit einer Streife zum Lager, um Matthew Hendry und auch Chris Kingsley zur Vernehmung abzuholen. Dann forderte er eine Staffel mit Sprengstoffspürhunden und zwei Taucher an, die umgehend das Gelände rund um das Lager und den Fluss nach Bombenmaterial absuchen sollten.

Cox beobachtete ihn. Helmut wirkte anders als gestern: angespannt, sicher, aber gleichzeitig auch fast so, als wäre eine Last von ihm abgefallen. Was hatte das zu bedeuten?

«Jemand muss mit James Connor sprechen», sagte er. «Er liegt in Nimwegen.»

«Ich weiß», antwortete Toppe und machte sich weiter Notizen. «Eigentlich wäre das Jupps Aufgabe, aber der ist ja anderweitig beschäftigt. Ruf Norbert an, der soll das übernehmen.»

Cox wählte, stutzte und wählte noch einmal. «Das gibt's doch gar nicht!»

«Was ist denn?»

«Ich lande immer nur bei seiner Mailbox», wunderte sich Cox. «Das kann er doch nicht machen!»

«Vielleicht kommt das Kind.»

«Dann hätte er uns doch wenigstens Bescheid sagen müssen.»

Toppe runzelte die Stirn. «Ich rede später mit ihm. Soll halt Astrid zu Connor fahren.»

Penny Small hatte Chris Kingsley unten auf der Wache gelassen und schob Matthew Hendry vor sich her ins Büro. «Sit down», herrschte sie ihn an und rückte einen Stuhl zurecht.

Mit einem müden Grinsen fläzte er sich breitbeinig hin. Er trug ein fleckiges Bürgerkriegskostüm mit ausgefransten Säumen, fettige Strähnen fielen ihm ins Gesicht, und er roch streng nach Rauch und Schweiß. Sein Blick war berechnend und passte nicht zu seinem pausbäckigen Kindergesicht. Er saß auch da wie ein störrisches, beleidigtes Kind und machte die Vernehmung, die durch das Übersetzen ohnehin zäh verlief, nicht eben leicht. Schnöselig und nuschelnd beantwortete er Toppes Fragen, zupfte an seinem flaumigen Schnurrbart herum, porkelte in den Zähnen, bis Penny der Kragen platzte und sie ihm ein paar deutliche Sätze um die Ohren fetzte. Da wurde plötzlich aus dem störrischen ein völlig verschrecktes Kind. Er kenne sich mit seiner Muskete aus, aber doch nicht mit Bomben! Woher denn auch?

Über Bombenbau könne sich jeder problemlos im Internet informieren.

Aber er habe nicht einmal eine eigene Wohnung und bestimmt kein Geld für einen Computer oder das Internetcafé!

Toppe wusste, dass die Bombe in der Nacht von Samstag auf Sonntag montiert worden sein musste, als das Podium bereits aufgebaut und die Gegend um die

Burg herum unbewacht gewesen war. Wo Matthew sich in dieser Nacht aufgehalten habe, wollte er wissen.

Im Lager! Zeugen dafür hatte er nicht.

«Wir sind alle früh schlafen gegangen», erklärte Penny, «wir mussten ja am Sonntag fit sein. Matthew hat ein Einzelzelt wie die meisten Jungen.»

«Er hätte das Lager also unbemerkt verlassen können», stellte Toppe fest.

Das war der Moment, in dem Matthew Hendry in Tränen ausbrach und zu stammeln anfing: Er könne doch niemals so etwas Grausames tun, all die Menschen ... er sei doch dabei gewesen ... er hätte doch das ganze Blut gesehen ... und die Wunden ... und ...

Doch Toppe blieb ungnädig: Was war mit dem tätlichen Angriff auf James Connor? Was war mit der geplanten Kindesentführung?

Er erntete feuchte Schluchzer, aber er ließ Hendry nicht zu Atem kommen, sondern begann seine Befragung noch einmal von vorn. Manchmal bekam er eine Antwort, manchmal nicht. Matthew Hendry sah aus, als würde er jeden Moment vom Stuhl kippen. Dann ließ Toppe endlich von ihm ab und rief nach dem Wachhabenden. «Der junge Mann geht vorerst in den Arrest. Und bring mit bitte den anderen hoch.»

Hendry stolperte an ihm vorbei auf den Flur und spie einen Satz aus, von dem Toppe nur das Wort «nazi» verstand. Cox, der sich im Hintergrund gehalten hatte, schaute seinen Chef unbehaglich an. «So kenne ich dich gar nicht.» Aber Toppe antwortete nicht.

Eine gute Stunde später war in Cox' Büro endlich wieder Ruhe eingekehrt, und er hatte es geschafft, die Bandaufnahme der Vernehmung von Chris Kingsley, einem fünfundzwanzig Jahre alten Techniker, zu Papier zu bringen.

Toppe: Matthew Hendry lebt bei Ihnen?

Kingsley: Ja, seit sechseinhalb Monaten.

T: Sie sind mit ihm befreundet?

K: In gewisser Weise, ja. Er ist noch sehr unreif.

T: Sie wissen, dass Hendry James Connor tätlich angegriffen hat?

K: Ja, der Junge hat sich da in etwas hineingesteigert.

T: Und Sie sind sein Komplize bei der geplanten Entführung von Connors Tochter.

K: Was?! Sind Sie verrückt geworden?

T: Warum sonst hätte er Ihnen davon erzählen sollen?

K: Weil er ein Spinner ist! Das ist doch alles nur leeres Gerede. Kommen Sie, so etwas würde Matthew nie fertigbringen.

T: Haben Sie in Ihrer Wohnung einen PC mit Internetanschluss?

K: Ja ...

T: Hat Hendry Zugang dazu?

K: Leider ja, und wenn ich auf der Arbeit bin, nutzt er das gern aus. Wir haben schon Krach deswegen gehabt. Ich habe ihm gesagt, er fliegt raus, wenn er nicht aufhört, auf meine Kosten stundenlang im Netz zu surfen.

T: Sind Sie damit einverstanden, dass sich unsere Kollegen in Worcester Ihre Festplatte einmal vornehmen?

K: Nein, wieso? Ja, ich meine, was soll das denn?

T: Wo war Matthew in der Nacht zum Sonntag?

K: In seinem Zelt, oder?

T: Haben Sie beobachtet, dass Hendry das Lager verlassen hat?

K: In der Nacht? Nein, ich habe geschlafen.

T: Sie sind Techniker, nicht wahr? Ist Hendry auch technisch begabt?

K: Überhaupt nicht.

T: Wenn Hendry bei Ihnen lebt, waren Sie doch sicher dabei, als er seine Sachen für diese Reise gepackt hat.

K: Klar, warum?

T: Ist Ihnen da etwas aufgefallen? Hat er möglicherweise Rohre eingepackt, Knetmasse, Kitt, Dosen oder Beutel mit Pulver, Draht?

K: Nein, natürlich nicht. Penny, was soll das alles? Ach, du Scheiße, ihr denkt, Matthew hätte die Bombe gebaut? Niemals!

T: Hat Hendry sein Mobiltelefon dabei?

K: Er hat schon lange keins mehr, das kann er sich nicht leisten.

T: Aber Sie haben eins?

K: Ja.

T: Benutzt Hendry das manchmal auch?

K: Auf gar keinen Fall. Ich bin doch nicht blöd!

Cox heftete das Protokoll ab. Penny war mit Helmut in den Verwaltungstrakt gegangen, wo sie Kontakt zum CID Worcester aufnehmen wollten. Pennys Kollegen sollten auf Kingleys Festplatte überprüfen, ob Bombenseiten aufgerufen worden waren, ob es in der Umgebung der Stadt in letzter Zeit zu Sprengstoffdiebstählen gekommen war und ob Matthew Hendry Kontakt zu verdächtigen Personen gehabt hatte.

Die Experten waren sich einig, dass der Bombenleger ein Amateur war. Es war also schon möglich, dass dieser dumme Junge dem verhassten Lehrer nur einen Schrecken einjagen wollte und sich einfach mit der Dosis vertan hatte. Hatte er so geweint, weil es ihm leidtat, weil er nicht fassen konnte, was er angerichtet hatte? Konnte es also sein, dass der Attentäter gar nicht, wie sie bisher angenommen hatten, blindwütig und verrückt, sondern einfach nur zu dämlich gewesen war? Wohl kaum, sonst hätte er nicht gleich vier Bomben gelegt, da wollte schon jemand auf Nummer sicher gehen.

Unten im Hof stand Pennys Motorrad, sie war also noch im Haus. Vielleicht konnte er sie abfangen und auf einen Kaffee in die Kantine einladen. Er brauchte sowieso eine Pause.

Astrid war ganz froh gewesen, dass Helmut sie nach Nimwegen geschickt hatte und sie für eine Weile von den Fotos weggekommen war. Sie hatte die Aufnahmen nicht gezählt, aber es waren sicher über tausend, und es wurden immer noch mehr abgeliefert. Sie suchte auf den Bildern nach Menschen, die am Sonntag an der Burg ihr Handy benutzt hatten. Ein paar hatte sie entdeckt, aber wenn die Zeitangaben auf den Fotos nur annähernd stimmten, hatten diese Leute ihre Telefongespräche geführt, bevor die Veranstaltung begonnen hatte. Es war natürlich klar, dass der Attentäter das Handy nicht unbedingt am Ohr gehabt haben musste, um die Bombe auszulösen, also blieb ihr nichts anderes übrig, als solche Gegenstände in den Händen der Zuschauer auszumachen, die aussahen wie ein Mobiltelefon. Das war auf den oft schlechten Wimmelbildern, die man ihr gebracht hatte, nur mit der Lupe möglich, und nach zwei Stunden taten ihr die Augen weh.

Auf dem Weg zum Nimwegener Krankenhaus war sie müde und frustriert gewesen, jetzt, auf der Rückfahrt, war sie frustriert und wütend. Im ersten Augenblick hatte sie Mitleid mit James Connor verspürt, wie er dick bandagiert im Bett lag und nur Mund und Augen, die von dunklen Blutergüssen umgeben waren, bewegen konnte. Er hatte unter anderem eine Schädelverletzung, und der Arzt hatte gemeint, er könne möglicherweise noch nicht so ganz auf der Höhe sein, aber Connor war erstaunlich klar gewesen, und das Sprechen hatte ihm keine Mühe bereitet. Matthew Hendry sei buchstäblich alles zuzutrauen. Als sein Lehrer habe Connor schon früh erkannt, wie viel kriminelle Energie in dem Kerl steckte. Auch ein Bombenattentat läge im Bereich des Möglichen. Konkrete Hinweise habe er allerdings nicht. Er sei sowieso nicht glücklich gewesen, dass er als Repräsentant der Stadt auf dem Podium habe stehen müssen, denn die Militia sei nicht gerade ein Aushängeschild für Worcester. Viele von denen kämen aus der Unterschicht und wären nicht einmal in der Lage, korrektes Englisch zu sprechen, geschweige denn zu schreiben. Der «Haufen» sei ein Sammelbecken für arbeitslose Herumtreiber. Die paar «anständigen» Leute in der Gruppe hätten offenbar eine falsche Vorstellung von sozialem Gewissen. «Charity» wäre natürlich gute englische Tradition, aber, bitte, man musste doch darauf achten, wem man sie zuteil werden ließ.

Astrid war immer noch so empört über so viel Borniertheit, dass sie am Kreisverkehr die Ausfahrt nach Kleve verpasste und eine Ehrenrunde drehen musste. Sie dachte an den Abend im Lager, an die Herzlichkeit der Leute und an Ruth und Toni, die mit ihnen befreundet gewesen waren. Bei der nächsten Gelegenheit fuhr sie an den Straßenrand und wählte Helmuts Nummer. «Ich möchte gern kurz bei Jasper und Matthias vorbeifahren. Geht das in Ordnung?»

«Ja, mach das. Ich wollte auch schon hin, aber ich komme hier einfach nicht weg», antwortete Toppe. «Ich hoffe, dass sich Tonis Bruder um die beiden kümmert, auch wegen der Beerdigung.»

«Sind die Leichen schon freigegeben?»

«Ja, Arend hat die Obduktionen abgeschlossen. Die Einzelheiten erspare ich dir lieber, aber auf jeden Fall waren sie sofort tot.»

«Ich weiß», sagte er leise, als sie nichts darauf erwiderte, «das ist kein wirklicher Trost. Ist bei deinem Gespräch mit Connor etwas rumgekommen?»

«Nein», sagte sie hitzig, «außer dass der Typ ein echtes Arschloch ist. Aber das erzähle ich dir heute Abend. Und bei dir?»

«Hendry bleibt weiter in Gewahrsam. Der Suchtrupp am Kermisdal hat außer einer Menge Müll bis jetzt nichts zutage gefördert, und die Kripo in Worcester braucht Zeit. Mit denen läuft es übrigens gut, völlig unkompliziert. Aber ich glaube nicht, dass es der Junge war. Unser Attentäter hat sich nicht einfach nur um ein paar Gramm Semtex vertan, der wollte ein Fanal setzen.»

«Ja», sagte sie, «wofür auch immer. Ist Norbert inzwischen aufgetaucht?»

«Nein, aber er hat angerufen. Ulli hat geglaubt, sie hätte Wehen, aber im Krankenhaus hat es sich wohl als falscher Alarm herausgestellt, und sie haben sie wieder nach Hause geschickt.»

Sie hörte das Lächeln in seiner Stimme und schmunzelte. «Norbert dreht wirklich ganz schön am Rad.»

«Ich werde mir etwas einfallen lassen. Im Augenblick ist er beim Stadtmanager, der inzwischen vernehmungsfähig ist. Vielleicht bekommt er ja endlich heraus, wen dieser Jäger alles auf die Ehrentribüne eingeladen hatte und wer abgesagt hat.»

Thorstens Geburtstag – endlich ist auch er dreizehn geworden.

Er weiß, der Kleine wartet auf ihn drüben bei den Klos, aber es wird einfach nicht ruhig im Schlafsaal.

Irgendjemand wichst.

Er schwitzt in seinen Klamotten unter dem dicken Federbett, tastet nach dem Geschenk. Den Gameboy hat er schon vor Monaten im Laden mitgehen lassen, als er in den Ferien bei seinen Alten war.

Thorstens sehnlichster Wunsch, er würde sich überschlagen.

Endlich still, er läßt sich lautlos zu Boden gleiten und robbt los.

Thorsten wartet, strahlt über das ganze süße Gesicht, als er ihn sieht.

Kichern, Küsse, er wird hart. Streicheln.

Für einen Moment springt ihm sein Alter mitten ins Hirn, aber er kickt ihn weg, blendet den Pissoirgestank aus, stöhnt – so gut. «Du … ich …»

«Wir», flüstert Thorsten und legt den Kopf in den Nacken.

«Na, da schau her!» Das Schwein drückt auf den Lichtschalter. «Zwei Schwulis an unserem Institut! Ist das zu fassen?» Es grinst.

«Nicht fertig geworden? Das ist wirklich schade.» Es grinst noch mehr. «Wascht euch die Hände, das ist ja ekelhaft!»

Der Kloß in seiner Kehle ist so groß, dass er würgen muss, aber da ist Thorsten, zerrt an seinem Reißverschluss, leichenblass.

Das Schwein rubbelt sich mit der flachen Hand über Schenkel und Schritt. «Wollen doch mal sehen, was der Direx zu eurem perversen kleinen Stelldichein sagt. Hast du nicht schon genug Minuspunkte, Coolman?»

Das Schwein packen, den Schädel gegen die Wand schmettern, dass ihm das Grinsen aus dem Gesicht klatscht.

Aber da steht Thorsten, zittert wie ein junger Hund und hat wieder angefangen zu weinen.

«Ich finde es richtig schade, dass wir uns ausgerechnet unter so scheußlichen Umständen kennenlernen», sagte Peter Cox mutig. Er hatte sie gar nicht überreden müssen, Penny war gern mit ihm auf einen Kaffee in die Kantine gekommen, in der es, seit die Soko im Haus war, zuging wie im Taubenschlag. Und er hatte die neugierigen, teils auch belustigten Blicke der anderen durchaus bemerkt, aber es war ihm seltsamerweise egal.

Penny lachte ihn an und nahm seine Hand. «Sieh das doch mal so: Unter anderen Umständen hätten wir uns überhaupt nicht kennengelernt.»

Cox bekam weiche Knie und verflocht seine Finger mit ihren. «Auch wieder wahr. Ich habe keine Ahnung, wann ich heute Abend hier wegkomme, aber ...»

«Hast du einen Motorradhelm?», unterbrach sie ihn mit leuchtenden Augen. «Oder kannst du dir einen besorgen?»

«Bestimmt ...»

«Lass uns doch eine nächtliche Spritztour machen.»

«Schöne Idee.» Etwas anderes fiel ihm nicht ein.

«Nicht wahr? Für den Anfang ...», sagte sie lachend, zog ihre Hand weg und griff nach dem Foto, das Cox neben den Aschenbecher gelegt hatte. «Was ist das?»

«Eine der Spuren, die wir gesichert haben. Ich zeige es im Moment überall herum, aber bisher kann mir keiner sagen, was das für ein Ding sein soll.»

Penny schaute sich die ovale Scheibe an. «Das ist ein Stück von der Pulverpfanne an einer Muskete.»

«Wie ernüchternd», brummte Cox. «Bis auf die Handys, die wir gefunden haben, war das hier bis jetzt das einzig Interessante.»

«Ja, ich hab's gesehen, ziemlich viel unbrauchbarer Müll. Aber immerhin habt ihr einen Herrenschuh, eine hässliche Pelzkappe und einen Schal.»

«Spur 309, 67 und 128», bestätigte Cox, «und die Fotos kommen morgen in die Zeitung, damit sich die Besitzer bei uns melden.»

«Na ja», überlegte sie, «wenn ich der Attentäter wäre und meinen Schuh verloren hätte, würde ich mich ganz bestimmt nicht bei der Polizei melden.»

«Eben», antwortete Cox, «wenn wir eins von diesen Dingen niemandem zuordnen können, wird endlich eine echte Spur daraus.»

Er schaute auf die Uhr. «Schade, ich muss los.»

«Ich auch, ich will ins Lager. Vielleicht haben die Hunde inzwischen etwas erschnüffelt.»

Sie stellte sich auf die Zehenspitzen und küsste ihn auf den Mundwinkel. «Bis spätestens um Mitternacht.»

Toppe hatte ein unerfreuliches Telefonat mit dem Innenminister hinter sich. Inzwischen hatte wohl jeder Fernsehsender das Bombenattentat von Kleve wieder und wieder als Topmeldung gebracht, und die Sensationsblätter reservierten die erste Seite für den «Burgbomber». Für Düsseldorf war Toppe in seiner neuen Position ein unbeschriebenes Blatt, und so hatte der Minister sich gar nicht erst an den Landrat gewandt, was der normale Weg gewesen wäre, sondern Toppe direkt angerufen. Er hatte sich recht barsch nach ersten Ermittlungsergebnissen erkundigt und sich dann in Plattitüden über die berühmten achtundvierzig Stunden und die internationale Reputation der deutschen Polizei ergangen. Toppe hatte sich den Sermon nur kurz angehört und dann bestimmt und, wie er hoffte, freundlich darauf hingewiesen, dass sämtliche Ermittlungsergebnisse umgehend dem Landrat mitgeteilt wurden und dort jederzeit für den Minister abrufbereit waren. Seine Laune war immer noch auf dem Tiefpunkt, als Norbert van Appeldorn kam, und er seufzte innerlich, als er das blasse, angespannte Gesicht sah.

«Komm», sagte er, «ich brauche frische Luft. Lass uns ein paar Schritte gehen.»

Van Appeldorn schien das nicht weiter zu wundern. Er ging neben Toppe die Treppe hinunter vor die Tür und spulte wie ein Automat seinen Bericht herunter: «Sven Jäger hat alles eingeladen, was Rang und Namen hat, die gesamte Stadtspitze, den Landrat, alle. Er sagt, es sei ein ziemliches Durcheinander gewesen, er hätte Zusagen bekommen, die dann auf einmal doch noch Absagen wurden, von manchen hätte er gar nichts gehört. Zum Schluss war es ihm eigentlich nur noch wichtig, dass Pannier kommen und die Veranstaltung eröffnen würde und dass James Connor dabei war. Nach den sicheren Zusagen hatte er dann grob überschlagen, wie viele ungefähr da sein würden, und ein Podium für zwölf Personen bestellt.»

«Es waren aber nur neun ... Er muss doch Unterlagen darüber haben, wen er eingeladen hat und wer letztendlich kommen wollte.»

«Er meinte, ich könnte gern die Zettelwirtschaft auf seinem Schreibtisch durchforsten, vielleicht würde ich ja etwas finden. Büroarbeit wäre nicht seine starke Seite.»

Toppe erinnerte sich, dass er vor einer Weile etwas über Sven Jäger in der Zeitung gelesen hatte. Er war erst vor ein paar Monaten Stadtmanager geworden und mit Anfang dreißig ungewöhnlich jung für einen solchen Posten. Die Presse hatte sich gewundert, dass der eher konservative Stadtrat sich ausgerechnet für diesen Mann entschieden hatte, und man hatte erklärt, dass Jäger schon anderswo Großartiges auf die Beine gestellt habe, weil er ein kreatives Genie sei, und gerade so jemanden brauche die Stadt in den heutigen Zeiten.

«Ich schicke Ackermann morgen ins Stadtmarketingbüro. Vielleicht findet er ja etwas.», sagte er. «Wusste Jäger nicht aus dem Kopf, wer am Sonntag dabei sein sollte?»

«Er sagt nein, und das glaube ich ihm auch. Helmut, der Mann ist von einem Pfosten durchbohrt worden. Es ist ein Wunder, dass er noch lebt. Ich bin froh, dass er überhaupt so viel reden konnte.»

«Hm.» Toppe lehnte sich gegen einen der geparkten Streifenwagen und holte seine Zigaretten hervor. «Du auch eine?»

«Nein danke, ich rauche so wenig wie möglich. Und wenn das Baby erst da ist, höre ich ganz auf.»

Das war Toppes Stichwort. «Darüber wollte ich mit dir reden.»

«Schon gut», fuhr van Appeldorn dazwischen. «Ich hätte mein Handy nicht ausschalten dürfen. Wird nicht wieder vorkommen, Chef.»

«Jetzt werd nur nicht komisch. Meinst du, ich weiß nicht, wie es dir geht? Ich kann dich im Moment nicht in Urlaub schicken, aber mir wäre es am liebsten, wenn du dir Arbeit mit nach Hause nimmst.»

«Jetzt wirst du komisch. Was könnte ich bei diesem Fall schon zu Hause ausrichten?»

«Dieser Fall», erwiderte Toppe bestimmt, «ist kein gewöhnlicher Fall. Wie haben eine Unzahl von Spuren und vorgeblichen Zeugen, und es ist wichtig, dass jemand die Fäden zusammenhält, damit uns nicht das geringste

Detail verlorengeht. Es ist nicht so, dass ich es Peter nicht zutraue, wenn ich es einem zutraue, dann ihm, aber mir wäre wesentlich wohler, wenn einer da wäre, der sämtliche Ergebnisse noch einmal gegencheckt.»

«Ausgerechnet ich soll Aktenarbeit machen?» Van Appeldorn schnaubte und schüttelte den Kopf, dann griente er. «Den Job hast du dir doch heute erst ausgedacht.»

Toppe lächelte zurück. «Es ist wirklich wichtig, das weißt du auch.»

«Und wer soll meine Ermittlungen übernehmen?»

«Ich», antwortete Toppe und trat mit zufriedenem Gesicht seine Zigarette aus. «Den Verwaltungskram mache ich nebenbei. Schließlich hat man mir eine Sekretärin zugeteilt, die bisher vor Langeweile fast erstickt. Sie wird sich freuen, wenn sie endlich tätig werden kann.»

Nach der Abendbesprechung hatte Toppe die Kollegen aus Krefeld nach Hause geschickt. Nichts schien im Augenblick so dringend, dass man eine weitere Nacht durchmachen musste. Sie waren alle froh gewesen, wieder in ihren eigenen Betten schlafen zu können, und würden am nächsten Morgen früh wieder da sein und so lange arbeiten wie nötig. Nur Cox, Astrid und Ackermann waren geblieben und Toppe in sein Büro gefolgt. Astrid schaltete die Lampe am Schreibtisch an und die Deckenbeleuchtung aus – sie hatte Kopfschmerzen.

«Ehrlich», sagte Ackermann und ließ sich auf einen Stuhl fallen, «ich würd mir am liebsten die Birne zusaufen. Den ganzen Tag hab ich bloß Nieten gezogen.

Et gibt einfach keine Gemeinsamkeiten bei denen, die auffe Bühne gestanden haben.»

«Dann müssen wir davon ausgehen, dass tatsächlich nur einer von ihnen gemeint war», sagte Toppe. Er hatte sich nicht hingesetzt. Es wurde Zeit, dass sie nach Hause kamen. Cox nickte. «Das hat Penny ja auch schon getan, ganz intuitiv.»

«Also gut.» Astrid rieb sich gequält die Nasenwurzel. «Einer von den Menschen auf der Ehrentribüne hat sich jemanden zum Feind gemacht. Und dieser Jemand will sichergehen, dass sein Opfer auch wirklich stirbt, und wählt deshalb als Waffe eine Bombe. Dafür nimmt er sogar den Tod Unschuldiger in Kauf. Wir gehen also von Hass, oder besser von Rache als Motiv aus.»

«Wie wär' et mit Habgier?», warf Ackermann ein. «Könnt' doch sein, dat einer vonne Ehrengäste dick wat zu vererben hat, oder?» Er zog eine Grimasse, als er die irritierten Blicke der anderen bemerkte. «Nich'? Na gut, dann also Rache. Dann lasst uns ma' gucken, wen wir denn da alles so haben. Da wär' erst ma' der Toni Pannier. Der war Arzt, da könnt' doch gut 'n früherer Patient ... oder wartet ma', vielleicht besser 'n Angehöriger ...»

«Bitte, Jupp», Cox stöhnte vernehmlich, «nicht mehr heute Abend. Es ist halb zwölf, und ich bin wirklich kaputt.»

Toppe griff nach seiner Jacke. «Peter hat recht. Lasst uns Schluss machen.»

Sieben Als Toppe und Astrid zu Hause ankamen, war es weit nach Mitternacht, aber in der Küche brannte noch Licht. Im Kamin in der Halle flackerte ein kleines Feuer, und es roch tröstlich nach gutem Essen.

Arend und Sofia saßen am Küchentisch und unterhielten sich leise. «Da seid ihr ja!» Sofia stand auf. «Wir haben eine Suppe gekocht. Ihr habt doch sicher den ganzen Tag nichts Vernünftiges gegessen.» Der Tisch war für vier gedeckt, ein Korb mit frischem Brot stand in der Mitte, daneben eine geöffnete Flasche Burgunder. Astrid merkte, dass ihr die Tränen kamen, und blinzelte. «Danke», sagte Toppe nur und setzte sich.

Arend goss Wein ein. «Der Elektriker war heute da», sagte er. «Die Leitungen müssen vollständig erneuert werden.» Das alte Rittergut, auf dem sie lebten, war vor ihrem Einzug kernsaniert und instand gesetzt worden, aber es blieb immer noch genug zu tun. Im Moment waren sie dabei, die beiden Bäder und den Hauswirtschaftsraum, die in einem Seitenflügel lagen, zu renovieren.

Sofia stellte die Suppenterrine auf den Tisch und füllte die Teller. «Ich habe ein paar Fliesenmuster bei mir im Atelier. Vielleicht könnt ihr euch die morgen mal anschauen.»

Es tat gut, über normale Dinge zu reden, und Toppe spürte, wie sein Rücken sich entspannte, wie ihm langsam warm wurde und der Wein ihm angenehm zu Kopf stieg.

Astrid streckte sich. «Gott, bin ich auf einmal müde!»

Sofia lächelte. «Hört zu, ich habe im Moment nicht viel zu tun, keine Ausstellung, kein dringender Auftrag, und Arend hat sich auch freigenommen. Wir wollen für ein paar Tage an die Nordsee, ein Boot mieten, und wir dachten, wir könnten vielleicht Katharina mitnehmen. Ihr wisst doch, wie gern sie segelt.»

«Und ihr wisst, wie gern meine Frau Ersatzmutter spielt», sagte Arend grinsend. «Mal abgesehen von mir. Ich freue mich immer, wenn ich als Skipper ein paar Weiber herumkommandieren kann.»

Astrid schossen wieder die Tränen in die Augen. «Das wäre toll ...»

«Also abgemacht», antwortete Sofia. «Sag du morgen früh deinen Eltern Bescheid, dann holen wir Katharina mittags bei ihnen ab.»

«Wie lange wollt ihr bleiben?»

«Bis Sonntag oder Montag.» Sofia zwinkerte ihr zu. «Wir rufen auch jeden Tag an, versprochen.»

Astrid zog sich ein dickes Flanellnachthemd über und schlüpfte unter die Bettdecke.

«Sehr sexy», brummelte Toppe und streckte sich aus.

Sie schlang ein Bein über seine Hüfte und schmiegte sich an ihn.

«Wie war es bei Panniers?» Er streichelte ihren Rücken.

«Schlimm», antwortete sie leise. «Die Jungen sind wie gelähmt. Tonis Bruder Wilhelm war bei ihnen, aber der scheint mir keine große Hilfe zu sein, er steht selbst völlig neben sich. Seine Frau hält irgendwie alles zusammen, kümmert sich um die Beerdigung und was sonst noch so ansteht. Sie wollte, dass die Jungen erst einmal zu ihnen ziehen, aber sie weigern sich. Sie ... ich weiß nicht ... sie halten sich aneinander fest.»

Sie seufzte und drängte sich plötzlich dicht an ihn. «Schlaf mit mir.»

«Sobald ich dich aus diesem Großmutterfetzen geschält habe», murmelte er und küsste sie.

«Et gibt 'n Video!» Ackermann stürmte in die Frühbesprechung, seine Brille war beschlagen. «Ich weiß, ich bin spät dran, hat seinen Grund. Wie ich diese Nacht nach Hause gekommen bin, hab ich mich noch kurz bei meine Frau auffe Couch gelegt. Die war grad am RTL-Gucken, *Nachtjournal*. Un' ich denk', mich tritt 'n Pferd – is' da doch auf einmal unsere Burg, die Leute un' der große Knall, alles drauf. Sogar mit Ton, da kriegt man echt dat Grausen. 'n Amateurvideo, kapiert? Un' statt die Pfeife dat bei uns abgibt, schickt er et den TV-Fritzen. Wollt' wohl die dicke Knete machen, hat er vielleicht auch, weiß ich nich'. Un' ich hab jetzt grad den Typen bei RTL 'n bissken Feuer unterm Popo gemacht. Jedenfalls schicken die uns dat Band, per Kurier, versteht sich. Et könnt' in zwei Stunden hier sein, meinen die.»

«Und?», fragte Cox gespannt.

«Wat, und?», wunderte sich Ackermann.

«Na, hast du etwas Wichtiges erkennen können?»

«Wie denn? Bis ich kapiert hatte, wat da lief, war et doch schon vorbei.»

Die allgemeine Aufmerksamkeit wandte sich wieder Astrid zu, die eine Reihe von Fotos an die Magnettafel gehängt hatte – lauter Menschen mit Mobiltelefonen.

«Dies hier ist im Augenblick das Interessanteste. Wenn die Zeitangabe stimmt, ist es nur zwei Minuten vor der Detonation aufgenommen worden. Schaut euch den Mann in der Mitte an, den mit der Schirmmütze. Das, was er in der Hand hält, könnte doch ein Handy sein, nicht?»

«Oder eine Digitalkamera», bemerkte Cox stirnrunzelnd. «So genau kann ich das nicht erkennen. Gib mir mal die Lupe ... Doch, du könntest recht haben ...»

Astrid schaute in ihre Notizen. «Das Foto war auf einer Diskette, die uns eine Frau Appenzeller gebracht hat. Ich setze mich mit ihr in Verbindung. Vielleicht weiß sie ja, wen sie da abgelichtet hat.»

«Es wäre mir lieber, wenn das jemand anders übernimmt», entgegnete Toppe. «Ich würde mich nämlich gern kurz mit dem kleinen Team zusammensetzen.»

Cox hatte ihnen Pfefferminztee angeboten, und zu seiner Verwunderung hatten alle gern angenommen, sogar Josef Ackermann. «Ich kann keinen Kaffee mehr sehen», sagte er und betrachtete Cox versonnen. «Ich weiß et nich', Peter, aber irgendwie siehst du heute 'n bissken so aus, als hättest du im Lotto gewonnen.»

Cox wich seinem Blick aus. «Schön wär's», sagte er nur.

Toppe achtete nicht auf ihr Geplänkel. «Es haben neun Personen auf dem Podium gestanden», begann er. «Drei von ihnen sind getötet worden, die übrigen sechs schwer verletzt. Insgesamt hat es aber zehn Schwerverletzte gegeben. Was wisst ihr von den übrigen vier?»

«Das haben die Kollegen ermittelt, Moment ...» Cox ging zum Regal und zog zwei dünne Aktendeckel heraus. «Hier, ein Ehepaar aus Emmerich mit einem zwölfjährigen Sohn. Sie sind mittlerweile alle außer Lebensgefahr und vernommen worden. Sind anscheinend große Englandfreunde und waren dort schon öfter bei Historienspielen. Sie wollten einen guten Platz ergattern und waren deshalb schon sehr früh an der Schwanenburg. Haben gleich an der vorderen Ecke der Tribüne gestanden.» Er schlug die zweite Akte auf. «Der vierte Schwerverletzte, ein ehemaliger Bürgermeister aus Bedburg-Hau, hat mittig neben der Tribüne gestanden. Er liegt im *Bergmannsheil* in Bochum – Trümmerbrüche an beiden Beinen, Beckenbruch und irgendetwas mit den Nieren. Er war aber schon wieder ganz kregel, als der Kollege gestern mit ihm gesprochen hat. Anscheinend ist der Mann gut bekannt mit Connor, sie haben zusammen Golf gespielt. Connor hatte ihn zu sich auf die Ehrentribüne eingeladen, das hat er aber abgelehnt, weil er ... wartet mal, hier steht es wörtlich: Ich wollte mich nicht in den Vordergrund drängen, es war schließlich nicht meine Veranstaltung.»

«So 'ne Erkenntnis kommt vielleicht 'n bissken spät, aber immerhin, wer hätte dat gedacht?», knurrte Ackermann. «Ich kenn den Mann von früher», fügte er hinzu, als er Astrids nicht sehr freundlichen Blick bemerkte.

«Da es für die Zuschauer keine reservierten Plätze gab», sagte sie, «haben diese vier Leute vermutlich nur zufällig in der Nähe der Bombe gestanden. Sie können nicht das Ziel des Attentats gewesen sein.»

«Das sehe ich genauso», sagte Cox und stellte die Ordner wieder an ihren Platz zurück.

«Bleibt die Frage: Wen hat der Attentäter auf der Ehrentribüne erwartet? Konnte er wissen, dass nur die zweite Garnitur dort stehen würde? Wenn ja, wen wollte er treffen? Wenn nein, wen von denen, die dort hätten stehen können, wollte er treffen?»

«An so wat wird man verrückt», sagte Ackermann, fischte Tabaksbeutel und Blättchen aus der Hosentasche und drehte sich gedankenverloren eine Zigarette.

«Ich fürchte, uns beschäftigt noch etwas anderes», wandte Toppe ein. «Entweder der Attentäter hat sein Opfer getötet und damit sein Ziel erreicht, oder aber sein Opfer ist, weil nicht alle Bomben hochgegangen sind, nur verletzt worden. Oder der Täter hatte es tatsächlich auf jemanden abgesehen, der auf dem Podium hätte stehen sollen, aber nicht da war, aus welchem Grund auch immer.»

«Und in den beiden letzten Fällen», fuhr Astrid düster fort, «könnte er es noch einmal versuchen.»

Der Gärtnerschuppen, immer wieder der Gärtnerschuppen.

Das Schwein, die Bilder, die Filme, sein harter Schwanz. Will Thorsten beschlabbern, grapscht ihn an.

«Jetzt hol ihn schon raus, Coolman, ich seh doch, dass er dir steht.»

Der 27. Mai. Er kriegt keine Luft, die Kerzen, der Wichsgestank, das Schwein hechelt. Raus! Er stößt ihm die Faust in den Bauch und läuft. Weg!

Erst an der Kapelle bleibt er stehen, stützt die Hände auf die Oberschenkel und kotzt sich die Seele aus dem Leib.

Thorsten.

Wischt sich den Mund mit dem Ärmel.

Thorsten!

Rennt und rennt, reißt die Tür auf.

Thorsten, die Hose bauscht sich um seine Knöchel, Blut, der Lappen im Mund, Blut, die Augen starr, ohne Tränen.

Das Schwein rammt ihm ein letztes Mal seinen Prügel hinein, brüllt, schaut über die Schulter und grinst.

Der 27. Mai.

Er setzte sich auf, schüttelte ein paarmal den Kopf, um das Bild zu vertreiben.

Seine Kiefer schmerzten, das T-Shirt klebte ihm am Leib, er zitterte vor Kälte.

Wo war seine Armbanduhr? Zwanzig vor fünf. Viel zu früh, um aufzustehen, aber er durfte nicht wieder einschlafen. Er wusste, welches Bild ihn heimsuchen würde, und die wimmernde Wut kam wieder hoch.

Seine Augen hatten sich an das Dämmerlicht gewöhnt, das die Straßenlaterne ins Zimmer schickte. Mit steifen Gliedern tappte er zum Fenster und spähte hinaus.

Gegenüber im Schweinebau war alles dunkel.

Vor neun Uhr morgens regte sich dort nichts. Irgendwann zwischen neun und zehn kam das Schwein heraus, lief zum Bäcker hinüber, kaufte zwei Brötchen und ein Croissant und verschwand dann wieder in seiner Bude. Um halb zwölf tauchte es wieder auf, öffnete die Garage neben dem Haus, holte seine Karre heraus, machte das Tor wieder zu und fuhr zur Arbeit. Die Garage …

Vorgestern war er um halb elf in einem bunten Trainingsanzug aus der Haustür gekommen, zum Wald hochgelaufen und gejoggt, vierzig Minuten lang, am Mittwoch auch, dieselbe Runde, gestern nicht. Der Wald …

Sein Atem hatte die Scheibe beschlagen, er schloss die Augen.

Auch wenn er nicht schlief, das Bild war da:

Thorsten pendelt am Balken, aus seinem nackten Hintern fließt Blut, ein Strom von Blut, sammelt sich auf dem durstigen Boden, Staubkörner tanzen in der Luft.

Irgendjemand hat mit schwarzer Tinte 2. Oktober über das ganze Bild geschmiert.

Er ballte die Hände. Er wusste nicht einmal, ob es ein Balken gewesen war, an dem Thorsten sich erhängt hatte. Seine Eltern hatten ihn gefunden.

«Verdammte Hacke», stöhnte Ackermann, «die Beerdigungen! Da fährt doch die ganze Prominenz vor.»

Astrid schaute Toppe an. «Ruths und Tonis Beerdigung ist am Freitag um elf. Es wird keine Messe und keinen Gottesdienst geben, sie waren beide aus der Kirche ausgetreten. Aber der evangelische Pastor wird in der Friedhofskapelle ein paar Worte sagen. Die Todesanzeige stand heute in den Zeitungen, also können wir davon ausgehen, dass viele Leute kommen.»

«Der Bürgermeister auf jeden Fall», nickte Toppe. «Er war mit Toni befreundet. Die Parteigenossen werden da sein, vielleicht auch ein paar grüne Landespolitiker.»

«Un' ihr meint, da könnt' der Attentäter wieder zuschlagen? Mit 'ner Bombe?» Ackermann schob die Brille hoch und wischte sich das Gesicht.

«Wir können es jedenfalls nicht ausschließen», antwortete Toppe. «Das bedeutet, wir müssen sofort alles absuchen, den gesamten Friedhof, die Leichenhalle und die Kapelle, den Weg des Trauerzugs und das ganze Areal ab sofort strengstens überwachen. Und alle Friedhofseingänge, bis auf das Haupttor, bleiben ab jetzt geschlossen, sodass die Beerdigungsgäste nur auf einem Weg den Friedhof betreten und zur Kapelle gelangen können. Dort richten wir eine Schleuse mit Metalldetektoren ein.»

«Videokameras wären vielleicht nicht schlecht», überlegte Astrid. «Dann sehen wir, wer sich in den nächsten zwei Tagen am Friedhof herumtreibt.»

«Könnt' auch nich' schaden, wenn wir die ganze Beerdigung filmen», ergänzte Ackermann und goss sich noch einmal Tee ein. «Weiß übrigens jemand, wann dieser Hornung beerdigt wird?»

«Ich kümmere mich gleich darum.» Toppe hielt ihm seinen Becher hin. «Mir auch noch etwas, bitte.»

«Augenblick mal!» Cox räusperte sich aufgeregt. «Wenn wir damit rechnen, dass der Täter es noch einmal versucht, brauchen wir schleunigst Sitzwachen in den Krankenhäusern. Denn dann ist auch jeder, der auf dem Podium gestanden und – entschuldigt bitte – aus Versehen überlebt hat, immer noch ein mögliches Ziel.»

Es dauerte eine Weile, bis sie alles Notwendige in die Wege geleitet hatten und sich wieder bei Cox im Büro einfanden.

Ackermann tigerte rastlos hin und her. «So, wie ich

dat seh, können wir im Moment nix anderes tun als davon ausgehen, dat einer von denen auf dem Podium gemeint war. Ich mein, wir brauchen doch 'n Ausgangspunkt.»

«Ja, natürlich.» Toppe hockte sich auf die Fensterbank. «Also gut, wer sind diese neun Personen, die auf der Tribüne gestanden haben? Hat einer von diesen Leuten einen anderen Menschen so tief verletzt, dass er auf diese bestialische Weise ermordet werden sollte?»

Cox ordnete seine Akten. «Fangen wir mit den Toten an: Da wäre Anton Pannier. Er hat über zwanzig Jahre als Chirurg im Krankenhaus gearbeitet, bevor er sich vor vier Jahren niedergelassen hat. Möglicherweise ist ihm irgendwann einmal ein Kunstfehler unterlaufen. Jemand hat gegen ihn geklagt und kein Recht bekommen.»

«Das wäre aktenkundig», sagte Toppe.

«Oder es ist gar nicht zu einem Prozess gekommen», gab Cox zu bedenken, «aber darüber dürften seine früheren Kollegen am Krankenhaus Bescheid wissen. Und für die letzten Jahre, die Mitarbeiter in seiner Praxis.»

«Wat is' mit seine politische Tätigkeit?», fragte Ackermann. «Vielleicht is' er da einem auf die Füße getreten?»

«Möglich», gab Cox zu. «Dann wäre da Ruth Pannier, seine Frau ...»

«Sie hat Gedichte geschrieben, mein Gott!», sagte Astrid. «Wie soll sie sich damit einen Feind gemacht haben?»

«Ich kenne ihre Gedichte nicht ...»

«Ach Blödsinn! Ruth war einfach ein netter Mensch, der niemandem Böses wollte.»

«Kanntest du sie gut?»

«Gut genug.»

«Schon lange? Ich meine, vielleicht gibt es irgendwas in ihrer Vergangenheit.»

«Okay», gab sich Astrid geschlagen, «ich werde das überprüfen.»

Cox blätterte um. «Der dritte Tote ist der Diplompsychologe Franz Hornung. Seine Frau ist Lehrerin, sie haben drei Kinder, das jüngste ist sechzehn. Er hat seit fast zwanzig Jahren in den Rheinischen Kliniken gearbeitet, und zwar in der Forensik mit alkohol- und drogenabhängigen Straftätern.»

«Auweia!» Ackermann verdrehte die Augen. «Da sind 'n paar fette Kaliber drunter.»

«Ja», sagte auch Toppe. «Und hin und wieder hat Hornung sicherlich jemanden, den er für nicht therapierbar hielt, zurück in den Knast geschickt. Ich stelle mir vor, dass in zwanzig Jahren sicher so einige Patienten zusammenkommen, die Hornung nicht unbedingt grün gewesen sind.»

«Kommen wir zu den Verletzten», machte Cox weiter. «James Connor – da haben wir noch nichts Neues, oder?»

«Nein», antwortete Toppe, «aber Penny steht in Verbindung mit dem CID in Worcester. Vielleicht bekommen wir heute Nachmittag schon erste Ergebnisse.»

Sven Jäger, der Stadtmanager, war für sie einstweilen ein unbeschriebenes Blatt, ebenso Eva Hendricks, die Vorsitzende der Städtepartnerschaft, und Marlies van Bentum vom klevischen Verein. Über Jürgen Kolbe, den Vorsitzenden des Sportausschusses, wusste Ackermann zu berichten, dass er ein Vereinsmeier war, der sich gern in die Nesseln setzte, aber das war es auch schon. Blieb nur noch Walter Lohmeier, der Kammergerichtspräsident. Bei ihm stellte sich das gleiche Problem wie bei Pannier und Hornung. Der Mann war seit vielen Jahren Richter und konnte sich durch seinen Beruf eine Menge Feinde gemacht haben.

«Na dann», sagte Toppe, «schwärmt aus!»

Cox und Ackermann starrten ihn verblüfft an.

«Entschuldigt», sagte er. «Ich lese Katharina im Moment abends ‹Kalle Blomquist› vor.»

Ackermann grinste. «Schwärmst du mit?»

«Ich fahre erst einmal zu Hornungs Familie.»

Toppe parkte sein Auto auf der Straße, denn in Hornungs Einfahrt stand ein Wohnwagen.

Die Tür war geöffnet, Kästen mit Töpfen, Lebensmitteln und Weinflaschen standen dort.

Es sah aus, als wollte die Familie in den Urlaub aufbrechen.

Er stieg die Stufen zur Haustür hinauf und klingelte. Es dauerte eine Weile, bis ein blonder junger Mann die Tür einen Spalt weit öffnete und ihn misstrauisch musterte. Er war sehr blass. Als Toppe sich vorstellte, glitt ein erleichtertes Lächeln über sein Gesicht.

«Ich dachte, es sei schon wieder jemand von der Presse.» Er gab Toppe die Hand. «Jonas Hornung», sagte er. «Möchten Sie meine Mutter sprechen? Sie ist oben.»

In der Diele stapelten sich gepackte Rucksäcke und Taschen.

«Ja, es wäre nett, wenn Sie sie holen würden.»

Es war sehr still im Haus.

Felicitas Hornung kam die Treppe herunter, ihrem Gesicht sah man die tiefe Trauer an, aber sie bewegte sich sicher, beinahe energisch.

«Mein Beileid.» Toppe drückte ihr die Hand.

«Danke», entgegnete sie abwesend und schaute sich um. «Es ist ein bisschen chaotisch hier, am besten, wir gehen in den Wintergarten, kommen Sie.»

Sie setzte sich auf die Sofakante und hörte sich an, was Toppe zu berichten hatte. Die Vorstellung, dass ihr Mann das eigentliche Ziel des Attentats gewesen sein könnte, ließ sie erschaudern. Im Beruf ihres Mannes mache man sich natürlich nicht nur Freunde, und es habe über die Jahre immer mal wieder Patienten gegeben, die sich über Franz beklagt hatten, aber das sei nicht ungewöhnlich. «Ich weiß jedoch, dass er sich nie wirklich bedroht gefühlt hat.»

«Vielleicht hat er es auch nur für sich behalten, um seine Familie nicht zu beunruhigen», dachte Toppe – sie würden sich bei Hornungs Kollegen in der Klinik umhören müssen.

«Ich bin noch aus einem anderen Grund zu Ihnen gekommen», sagte er. «Es geht um das Begräbnis Ihres Mannes.»

Er bemerkte, dass sie zusammenzuckte.

«Wir können nicht ausschließen, dass der Attentäter es noch einmal versucht und dass er wieder ein öffentliches Ereignis wählen wird, wie zum Beispiel die Beerdigung eines der Opfer.»

Sie legte kurz die Hand an die Kehle und schaute ihm dann fest in die Augen. «Es wird keine Beerdigung geben, Herr Toppe. Mein Mann wird morgen kremiert, und die Urne wird anonym beigesetzt, ohne dass wir dabei sind. Der Bestattungsunternehmer ist sehr verständnisvoll ...»

Toppe nickte – der Bestatter würde eine leere Urne beisetzen und der Familie die Asche zukommen lassen, was nicht ganz legal war. Aber er lächelte beruhigend, und sie atmete auf.

«Franz wollte, dass seine Asche zwischen den Rebstöcken seines Lieblingsweingutes in Südfrankreich verstreut wird. Seine Familie und seine Freunde sollten dabei sein und auf ihn anstoßen mit den besten Tropfen, die noch in seinem Weinkeller sind. Wir fahren morgen nach St. Christoly de Médoc.»

«Wird Ihnen das nicht schwer?»

«Nein», antwortete sie nachdenklich. «Das macht es sogar irgendwie leichter. Es ist gut, etwas zu tun zu haben: den besten Wein aussuchen, den Wohnwagen packen, wie wir es jedes Jahr getan haben, an alles zu denken, nichts zu vergessen. Und es wird gut sein, wegzufahren, das Haus für eine Weile nicht zu sehen, stattdessen ein paar Tage mit ein paar wirklich lieben Freunden zu verbringen ...»

In der Diele klingelte das Telefon.

«... und diesem verdammten Telefon zu entkommen», schloss sie grimmig.

Peter Cox hatte sich das Amateurvideo, das inzwischen eingetroffen war, mehrmals angeschaut. Es war ohne Stativ aufgenommen worden und deshalb etwas verwackelt und zudem nicht ganz scharf. Der Film war kurz, nicht einmal eine Minute lang, man sah die Militia miteinander kämpfen, dann schwenkte die Kamera über die Zuschauer, und als sie eben die Ehrentribüne erreicht hatte, ereignete sich die Explosion, Holz, Metall, Menschen flogen durch die Gegend, dann brach der Film ab.

Den Schwenk über die Zuschauer sollte er sich noch einmal in Standbildern anschauen, bevor er das Band in die Technik brachte, aber ihm flimmerte es vor den Augen, er war einfach zu müde. Viel Schlaf hatte er in der letzten Nacht nicht bekommen. Aus der Motorradtour war nichts geworden, denn es hatte in Strömen geregnet, und so hatte er Penny mit zu sich nach Hause genommen. Sie hatten Tee gekocht und Käsetoasts gemacht und dann bis um drei Uhr in der Frühe geredet. Er konnte sich nicht erinnern, wann er sich das letzte Mal so wohl gefühlt hatte. Erst als sie sich verabschiedete, hatten sie sich geküsst.

Beide hatten gezögert, aber dann war sie gegangen. «Ich möchte gern wiederkommen.»

Er hatte kaum geschlafen, war schon um sechs Uhr wieder aufgestanden, hatte sein Bett frisch bezogen und das Bad geputzt. Hoffentlich konnte er heute zu einer einigermaßen zivilen Zeit Feierabend machen.

Die Tür ging auf. «Ist der Chef nicht da?»

Es was Bernie Schnittges, einer von den Krefeldern. Cox hatte schon öfter mit ihm zu tun gehabt und mochte ihn, ein Hüne mit breiten Schultern, rotem Gesicht und Riesenpranken, der eher aussah wie ein fröhlicher Landmann als wie ein Kripobeamter.

«Helmut ist unterwegs. Was gibt's denn?»

«Dieser Schuh, den wir am Tatort gefunden haben, bis jetzt hat sich der Besitzer noch nicht gemeldet, dabei hat das Foto in allen Zeitungen gestanden und geht durch sämtliche Nachrichtensendungen.»

«Seltsam», sagte Cox. «Man sollte doch meinen, dass es einem auffällt, wenn man seinen Schuh verliert.»

«Genau, und wenn man keinen Dreck am Stecken hat, gibt es keinen Grund, sich nicht bei der Polizei zu melden.» Schnittges griente. «Ich habe mir den Schuh einmal genauer angesehen, das ist ein orthopädisches Modell. Ich denke, ich klemme mich mal dahinter und klappere die orthopädischen Schuhmacher ab.»

Die Videokameras waren bereits installiert worden, und im Nebenraum der Friedhofskapelle hatten sie die Überwachungszentrale eingerichtet. Mehr als hundert Polizisten waren mit Hunden und Metalldetektoren unterwegs und suchten jeden Winkel ab. Das würde einige Stunden dauern, denn der Friedhof war groß und unübersichtlich, beinahe ein Park, hügelig, mit verwunschenen Eckchen und Ruhebänken überall. Trotz der Kälte hatten Hecken, Sträucher und die mächtigen alten Bäume tapfer erstes Grün angesetzt.

Toppe stapfte den Hügel hinauf zum neueren Teil des Friedhofs. Von hier aus hatte er einen guten Blick auf die Kapelle, das schon ausgehobene Doppelgrab der Panniers und den Weg, den der Trauerzug nehmen sollte. Wo würde man am ehesten eine Bombe deponieren? Es gab unendlich viele Möglichkeiten, Grabsteine, Papierkörbe, Bänke, Kompost- und Wasserstellen, die Gedenkstätte. Wenn der Attentäter bei seinem

Muster blieb, würde er einen Ort wählen, an dem alle wichtigen Leute mit Sicherheit zusammenkämen: die Friedhofskapelle. Aber dort hatten sie keine Bombe gefunden. Vielleicht hatten sie ja schnell genug gehandelt, denn viel Zeit war dem Täter nicht geblieben. Wann konnte er erfahren haben, dass sein Attentat fehlgeschlagen war, dass sein Opfer überlebt hatte? Wenn er ein Einheimischer war, möglicherweise schon am Sonntagabend, da hatte es in der Gerüchteküche schon heftig gebrodelt. Aber Panniers Todesanzeige mit Datum und Uhrzeit des Begräbnisses hatte erst heute Morgen in der Zeitung gestanden, also wären ihm nur wenige Stunden geblieben, um eine neue Bombe zu installieren. Es sei denn, der Täter hatte Kontakt zu Panniers Familie oder zu ihrem Freundeskreis. Toppe fröstelte. Mit einem guten Feldstecher konnte man von hier oben mühelos einzelne Personen auf der älteren Anlage unten ausmachen. Vielleicht also doch der Trauerzug?

Ein feuchter Wind blies ihm das Haar ins Gesicht, er knöpfte seine Jacke zu und machte sich langsam auf den Rückweg. Es hatte keinen Grund gegeben, die Militia noch länger in Kleve festzuhalten. Sie hatten schon gestern das Lager, bis auf ein paar Schlafzelte, abgebrochen und alles verstaut, dann aber ihre Abreise heute bis zum letzten Moment hinausgezögert. John wollte auf keinen Fall Matthew allein zurücklassen und war erst einigermaßen beruhigt gewesen, als Penny Small sich bereit erklärt hatte, zu bleiben und sich um alles Weitere zu kümmern. Matthew Hendry – ihm war nicht wohl bei dem Gedanken, dass der Junge immer noch in der Zelle saß. Aber solange der CID in Worcester seine Ermittlungen nicht abgeschlossen hatte, konnte er nichts daran ändern. Er kam an einem Seiteneingang vorbei, wo sich eine ältere Frau mit dem Kollegen stritt, der das Tor bewachte. «Ich komm hier jeden Tag und mach das Grab!», keifte sie und fuchtelte mit einem rostigen Rechen und einer gelben Gießkanne.

«Heute nicht», murmelte Toppe und zündete sich eine Zigarette an.

Kurz bevor er aufgebrochen war, war Norbert ins Präsidium gekommen, um sich seine «Heimarbeit» abzuholen. Er hatte ihm die Amateurfotos mitgegeben, Astrid brauchte er für eine andere Aufgabe.

Wen auf der Ehrentribüne hatte der Täter töten wollen? Am wahrscheinlichsten erschienen wegen ihrer Berufe auf den ersten Blick Toni Pannier, Lohmeier und Hornung. Astrid war zum Emmericher Krankenhaus gefahren, wo Toni bis vor ein paar Jahren gearbeitet hatte, Ackermann hörte sich beim Gericht um, und er selbst würde sich jetzt auf den Weg in die Rheinischen Kliniken machen, um mit Hornungs Kollegen zu sprechen. Auf die vier Leute, die außer James Connor auf dem Podium gestanden hatten, hatte er eigentlich Bernie Schnittges ansetzen wollen, aber der ging offenbar einer anderen Spur nach. Er dachte an Bärbel Tervooren und Jessica Schmidt, die auch zur Soko gehörten. In Krefeld waren die beiden ein gut eingespieltes Team, das wusste er. Auf einer Fortbildung vor zwei Jahren hatten Astrid und er die beiden, die auch privat ein Paar waren, näher kennengelernt und alle vier sich auf Anhieb gut miteinander verstanden.

Er würde Peter anrufen, sollte er die beiden in die

Einzelheiten einweihen und danach bei den Mobilnetzbetreibern ein wenig Druck machen. Sie brauchten dringend die Liste aller Handygespräche, die am Sonntagnachmittag an der Burg geführt worden waren.

Acht Astrid war noch schnell nach Hause gefahren, um die Sachen für Katharinas Ausflug an die Nordsee zusammenzusuchen, aber als sie ankam, hatten Sofia und Arend die Reisetasche und den kleinen roten Rucksack für Bücher und Spiele längst gepackt und waren schon fast auf dem Weg zu Steendijks, um ihr Ferienkind abzuholen.

Am Morgen hatte sie mit ihrer Tochter telefoniert, und Katharina war ganz begeistert gewesen über den Segeltörn. Astrid wusste, dass sie es dabei hätte bewenden lassen sollen. Aber dann war sie doch mit zum Haus ihrer Eltern gefahren, um Katharina noch einmal in die Arme zu nehmen und ihr nachzuwinken. Und natürlich hatte es dicke Abschiedstränen gegeben, und natürlich hatte sie sich wieder einmal schuldig gefühlt.

Jetzt saß sie im Auto auf dem Krankenhausparkplatz und versuchte, sich wieder auf ihre Arbeit zu konzentrieren. In diesem trostlosen Bau aus den frühen Sechzigern hatte es Toni also über zwanzig Jahre lang ausgehalten. Astrid schlüpfte an einer quälend langsamen Frau mit einem Gehwägelchen vorbei durch die Tür und blieb am Glaskasten des Pförtners stehen. Der Mann saß mit dem Rücken zu ihr und telefonierte. Sie wartete ein paar Sekunden, aber als er keine Anstalten machte, sich umzudrehen, klopfte sie gegen die Scheibe.

Widerstrebend legte er den Hörer aus der Hand und schob das Fenster auf.

«Wie kann ich Ihnen helfen?» Katzenfreundlich nannte man das wohl.

«Wo finde ich den Chefarzt der Chirurgischen Abteilung?»

«Der steht sicher noch im OP», antwortete er und schloss das Fenster.

«Augenblick!» Astrid hielt ihren Dienstausweis hoch. «Kripo Kleve.»

Der Blick des Pförtners wurde matt. Er schnarrte irgendetwas ins Telefon, ballerte den Hörer auf die Gabel und machte das Fenster wieder auf. «Und?»

«Ich möchte mit jemandem sprechen, der mit Dr. Pannier zusammengearbeitet hat.»

«Mit wem?»

«Dr. Anton Pannier.»

«Nie gehört.»

Astrid kam die Galle hoch. «Ich bitte Sie, er hat über zwanzig Jahre in dieser Klinik gearbeitet!»

«Als was?»

«Als Oberarzt in der Chirurgie.»

Der Mann kratzte sich hinter dem Ohr, und ein Wölkchen fettiger Schuppen ließ sich auf seinem Kragen nieder. «Wann soll das denn gewesen sein?»

«Er hat sich vor ungefähr vier Jahren niedergelassen, bis 2002 also.»

«Das erklärt's!» Sollte das ein Lächeln sein? «War vor meiner Zeit. Am besten, Sie gehen rauf in die Ambulanz und fragen da mal.»

Im Ambulanzflur herrschte Hochbetrieb, die meisten

Patienten hatten keinen Sitzplatz. «Mittwoch», dachte Astrid, da hatten die Praxen nachmittags geschlossen.

Sie trat einem jungen Arzt in den Weg, der, den Blick fest auf den Boden geheftet, an ihr vorbeiklotschen wollte. «Ich kenne nicht», stieß er verwirrt hervor, nachdem er kurz zugehört hatte, und hastete weiter.

Die Schwester in der Glaskanzel lächelte verbindlich, als sie Astrids Ausweis sah, konnte aber auch nur die Achseln zucken. Es war die Sekretärin des Chefarztes, die ihr schließlich weiterhalf. Ihr Büro war eine Art Durchgangslager – durch die offene Tür zum großen Ambulanzraum kamen Ärzte und Pfleger herein, legten irgendwelche Papiere ab, nahmen andere Papiere mit hinaus, sprachen im Gehen in Diktaphone – aber das schien der Frau nichts auszumachen. Sie war irgendwo in den Dreißigern und, wie Astrids Oma es ausgedrückt hätte, ein bisschen verwachsen. Aber sie versteckte sich nicht, ihr goldblondes Lockengewirr erinnerte an die amerikanischen Fernsehstars der siebziger Jahre, und auch mit Lippenstift hatte sie nicht gegeizt.

«Dr. Pannier habe ich nur noch kurz kennengelernt. Ein Netter war das. Ich habe im November hier angefangen, und er ist, glaube ich, Ende Dezember gegangen. Mein Chef müsste sich noch an ihn erinnern, der ist schon seit fast fünf Jahren da, aber sonst ...» Nachdenklich tippte sie sich mit dem Fingernagel gegen die Schneidezähne. «Nein, die Leute aus der Zeit sind alle nicht mehr hier. Der zweite Oberarzt ist kurz nach Pannier auch gegangen, nach Holland. Einer von den Assistenten ist in Norwegen, und der andere macht irgendetwas mit Computern an Krankenhäusern im Osten.

Wir haben jetzt lauter neue Ärzte, die meisten aus dem Ausland.» Sie hielt kurz inne, Astrid konnte ihren Gesichtsausdruck nicht deuten.

«Na ja, die bleiben nicht lange, auch die deutschen nicht. Kriegen ja alle nur noch Zeitverträge. Und mit den paar Kröten, die du als Arzt für diesen Job hier bekommst», wurde sie auf einmal lauter, «kannst du nicht einmal kleine Sprünge machen, selbst wenn du zusätzlich dreizehn Nachtdienste im Monat schiebst. Ich mit meiner popeligen Ausbildung und meiner geregelten Arbeitszeit verdiene ja schon mehr als ein Assistent im dritten Jahr, und ich muss keine Familie ernähren. Könnte ich auch gar nicht, wenn ich nur 1800 Euro im Monat hätte. Wie denn?» Sie schlug die Hand vor den Mund. «Meine Güte! Bitte, entschuldigen Sie, aber ... mein Freund ist Arzt am Krankenhaus in Bocholt, und eigentlich wollen wir Kinder ...»

«Ich verstehe schon», sagte Astrid und suchte nach einer Überleitung, aber die Frau kam ihr zuvor. «Es geht um das Bombenattentat, oder? Haben wir im Fernsehen gesehen, und es stand ja auch in der Zeitung, dass Dr. Pannier dabei umgekommen ist. Ich dachte gerade, wenn jemand hier noch etwas über ihn weiß, dann vielleicht ... Wir haben eine Ambulanzschwester, die schon seit dreißig Jahren an der Klinik ist.»

«Aber bestimmt nicht freiwillig», ließ sich eine raue Stimme von der Ambulanz her vernehmen. Am Türrahmen lehnte eine dünne Frau von Ende fünfzig, mausfarbenes Haar, lebhafte blaue Augen, über der Schwesterntracht eine ausgeleierte blaue Strickjacke, aus deren Taschen sie jetzt Zigaretten und Feuerzeug holte.

Sie zündete sich eine an und inhalierte genüsslich mit zurückgelegtem Kopf. «Aah! Schwester Lissy», stellte sie sich vor, «das Phantom der Ambulanz. Als ich hier anfing, hat man noch Angelernte eingestellt – Schwesternmangel –, und das waren, weiß Gott, nicht die Schlechtesten. Ich habe nie ein Examen gemacht, deshalb bin ich noch hier, ich kann ja gar nicht wechseln. Sie sind von der Kripo?»

Astrid zog erstaunt die Augenbrauen hoch, und Lissy lachte. «Hier haben die Wände Ohren, Frau Kommissar. Also gut, wenn Sie etwas über Toni Pannier wissen wollen, dann kommen Sie mit.» Sie stieß sich vom Türrahmen ab und drehte sich um. «Ich mache Pause!»

«Bist du bescheuert?», schimpfte ein Mann zurück. «Du siehst doch, was heute los ist!»

«Bin im Gipsraum», rief sie nur und winkte Astrid, ihr zu folgen.

Der Gipsraum war ein schmales Zimmer mit einem kleinen Fenster, Metallschränken, von denen der Lack abblätterte, und träge summenden Neonleuchten.

Lissy schob Astrid einen Metallhocker hin, holte eine Nierenschale von der Fensterbank, in der sie die Asche abstreifte, und setzte sich auf die Untersuchungsliege, deren schwarzer Kunstlederbezug spröde und rissig war.

«Toni», sagte sie, bevor Astrid irgendetwas fragen konnte, «war ein Doktor vom alten Schlag, Arzt mit Leib und Seele. Für ihn stand der Patient immer an erster Stelle. Aber für solche Leute ist heute kein Platz mehr, ist ja alles kaputtverwaltet worden. Ohne Not wäre Toni niemals gegangen, und damit meine ich nicht Geld, sondern wie sich alles so schlimm verändert hat.»

Sie drückte die Zigarette in der Nierenschale aus und zündete sich gleich eine neue an. «Was soll's? Das kann man sowieso keinem erklären, der nicht drinsteckt. Und Toni –» Da war eine Menge Trauer in ihren Augen.

Astrid räusperte sich. «Ich habe ihn auch ganz gut gekannt, seine ganze Familie ...»

«Und Sie glauben, dass die Bombe Toni gegolten hat?», fragte Lissy unvermittelt.

«Wir können es zumindest nicht ausschließen», antwortete Astrid. «Möglicherweise hat sich ein Patient an ihm rächen wollen. Wissen Sie, ob Toni irgendwann einmal Probleme mit Patienten hatte?»

Lissy fegte ein paar Ascheflocken von ihrer Strickjacke. «Sie meinen, ob jemand Toni wegen eines Kunstfehlers angezeigt hat?» Sie lachte kurz auf. «Nein! Aber es gibt natürlich immer unzufriedene Patienten. Wissen Sie, viele Leute glauben, die Chirurgie ist so etwas wie eine Reparaturwerkstatt. Wenn was kaputt ist, baust du einfach ein Ersatzteil ein, und fertig ist die Laube, alles wieder genau so wie vorher. Das kann natürlich nicht immer so sein, schließlich geht es um den menschlichen Körper und nicht um eine seelenlose Maschine.»

«Das ist mir schon klar», sagte Astrid. «Aber gab es konkrete Probleme?»

Lissy hörte ihr nicht zu. «Toni ist ja auch jahrelang Notarztwagen gefahren», sagte sie nachdenklich, «und da gibt es auch immer mal wieder Angehörige, die finden, der Doktor hätte nicht lange genug reanimiert, aber das trifft ja auf jeden Notarzt zu. Toni hatte allerdings eine Marotte: Er hat schon mal gern die Kripo gerufen, wenn die Todesursache unklar war.»

«Bei einem Notarzteinsatz?»

«Ja, genau. Ich kann mich an zwei Fälle erinnern, weil hinterher die Angehörigen hier aufgekreuzt sind und Rabatz gemacht haben. Einmal ging es um eine alte Oma, die angeblich in der Badewanne ausgerutscht war, wo die Verletzungen aber eher so aussahen, als wäre sie gestoßen worden. Und das andere Mal ging es um einen Mann, der sich aus Versehen in der Sauna eingeschlossen haben sollte und da drin erstickt oder verkocht war.»

«Wie lange ist das her?»

«Mindestens fünfzehn, sechzehn Jahre. Ich weiß allerdings nicht, ob die Polizei damals etwas unternommen hat.»

«Das lässt sich herausfinden, wenn wir ein ungefähres Datum haben. Können Sie sich an Namen erinnern?»

«Da müsste ich nachdenken ... Aber es gab noch etwas. Es hat tatsächlich einmal Ärger gegeben, mit Anwalt und allem, ist noch gar nicht so lange her, 98, 99, vielleicht. Es ging um ein kleines Mädchen, das sich den Arm gebrochen hatte, angeblich die Treppe runtergefallen, aber für Toni sah das Ganze nach Kindesmisshandlung aus. Ich glaube, er hat sogar vor Gericht aussagen müssen. Den Namen von dem Kind weiß ich noch gut – Pia Heiligers –, war so eine Verhuschte, sechs oder sieben Jahre alt.»

Penny Small stand auf der Brücke und schaute einem Schwanenpaar zu, das hochmütig durch das ruhige Wasser des Kanals glitt. Sie war im Büro des Stadtmarketings gewesen und hatte sich danach ein Zimmer in einem kleinen Hotel besorgt. Ihr Zelt war mit der Militia auf dem Rückweg nach England, und sie brauchte schließlich ein Dach über dem Kopf, bis Matthew freikam. Heute Morgen hatte sie noch einmal mit ihm gesprochen, und sie konnte sich nicht mehr vorstellen, dass er tatsächlich der Bombenleger war. Sie schaute hoch zum freundlichen Gesicht des Schwanenturms und schulterte ihren Rucksack. Die meisten ihrer Sachen hatte sie mit zurück nach England geschickt und nur das Notwendigste behalten. Wenn sie noch länger blieb, musste sie neue Kleidung kaufen. Und sie würde gern noch bleiben. In der Fußgängerzone waren trotz des kalten Nieselregens eine Menge Leute unterwegs. Sie würde irgendwo eine Tasse Tee trinken und dann zum Präsidium zurückschlendern; ihr Boss erwartete ihren Anruf pünktlich um drei Uhr Ortszeit.

Sie mochte diese Stadt, mochte ihr Tempo, nicht zu hektisch, aber auch nicht zu gemächlich, ganz ähnlich wie in Worcester eigentlich. Sie hatte noch nie darüber nachgedacht, nach Deutschland zu gehen, aber jetzt ...

Bernie Schnittges war für seine grenzenlose Geduld bekannt, und heute kam ihm diese Tugend wieder einmal zugute. Der orthopädische Schuhmacher gehörte zu den besonders hilfsbereiten Mitmenschen.

«Na, dann wollen wir mal schauen», meinte er munter, nahm den Schuh in die Hand und betrachtete ihn von allen Seiten. «Hat der was mit dem Blutbad an der Burg zu tun?» Flinke Mäuseaugen.

«Das tut eigentlich nichts zur Sache», brummelte Bernie.

«Auch wieder wahr. Also, ich würde sagen, der Träger dieses Schuhs hat eine Fehlstellung nach einer distalen Unterschenkelfraktur. Und zwar ist der Bruch in einer Valgus-Fehlstellung verheilt.» Er blinzelte Schnittges über seine Lesebrille hinweg an. «X-Bein, Sie verstehen? Das kann man an der Außenranderhöhung sehen.»

«Ach so.»

«Des Weiteren scheint als Unfallfolge eine Beinverkürzung vorzuliegen, denn wir haben hier eine Schuherhöhung von, warten Sie mal ...» Er holte ein Maßband unter der Theke hervor. «Genau 1,2 Zentimetern. Und sehen Sie sich den Schuh genau an, sehr hoch, ziemlich plump, meinen Sie nicht?»

«Doch, doch.»

«Das kann eigentlich nur bedeuten, dass eine Schwellneigung vorliegt. Also, ich würde sagen, außer dem Unterschenkelbruch lag auch noch eine Fußfraktur vor, die zu einer leichten Klumpfußbildung geführt hat.»

«Beeindruckend», sagte Schnittges, «das ist ja wirklich eine Wissenschaft für sich.»

«Was haben Sie denn gedacht?», gab der Schuhmacher schnippisch zurück.

«Mir gefällt das, wenn ein Mensch so viel von seinem Handwerk versteht. Sie würden sich wundern, wie selten man heutzutage so etwas noch findet. Sie haben doch bestimmt eine Kundenkartei.»

«Selbstverständlich, was denken Sie?»

«Dann können Sie doch sicher herausfinden, für welchen Kunden Sie diesen Schuh angefertigt haben.»

«Ich?» Der Mann war sichtlich beleidigt. «Aber dieses Ding hier habe doch nicht ich angefertigt!»

Bernie spürte, wie sein Nacken zu kribbeln begann.

«Die Handschrift ist allerdings eindeutig.» Der Schuhmacher lachte tonlos. «Ich kann Ihnen genau sagen, wer so was hier zusammenschustert.»

Er gab ihm Namen und Adresse.

Der Besitzer des Schuhs hieß sinnigerweise Lahm, Herbert Lahm. Der zweite orthopädische Schuhmacher hatte ihn ganz schnell in seiner Kartei gefunden. «Ist schon länger Kunde bei mir. Dr. Pannier hat immer das Rezept ausgestellt.»

«Dr. Anton Pannier?» Schnittges traute seinen Ohren nicht.

«Richtig.»

«Haben Sie die Adresse von diesem Lahm?»

«Klar, hier, schreiben Sie sich's auf.»

«Alles in Ordnung?», rief Norbert van Appeldorn, als er Ulli im Bad stöhnen hörte.

«Ja doch, Herrgott nochmal! Kümmere du dich um deine Fotos.» Sie lugte um die Ecke. «Ich habe nur meine Füße gesehen. Alles voll Wasser. Guck sie dir doch nur mal an, das sind doch Klumpfüße! Die werden nie mehr wieder. Und ich war tatsächlich mal zierlich. Wahrscheinlich kannst du dich daran gar nicht mehr erinnern. Würde mich nicht wundern, so wie ich aussehe. Ich fühle mich wie ein gestrandeter Wal. Ach was, das trifft es noch nicht mal, viel schlimmer.»

Van Appeldorn lächelte. «Es dauert ja nicht mehr lange.»

«Du hast gut reden! Jede Minute ist zu viel.» Sie klapste sich auf den Bauch. «Mach endlich voran, Paul, komm raus!»

«‹Paul›? Ich dachte, wir wären bei ‹Jakob› gelandet.»

«Nein, überhaupt nicht, wie kommst du darauf? Habe ich dir das nicht gesagt? ‹Paul›! Oder eventuell auch ‹Willi›.»

Van Appeldorn suchte nach Worten.

«Guck nicht so, ‹Willi› war nur ein Witz.»

«‹Paul› auch?»

«Nein, ‹Paul› nicht.» Ulli plumpste aufs Sofa und legte die Füße auf die Lehne. «Eigentlich habe ich Hunger.»

Van Appeldorn schaute auf die Uhr – es waren noch drei Stunden bis zu ihrer normalen Abendbrotzeit. «Ich kann uns was machen. Worauf hast du Lust? Oder soll ich uns etwas holen?»

«Um Himmels willen, wenn ich jetzt etwas esse, kriege ich nur Sodbrennen. Außerdem muss ich schon wieder pinkeln.» Sie kicherte. «Bin ich nicht schrecklich? Das totale Klischee. Beachte mich einfach gar nicht. Es ist schon schlimm genug, dass Helmut dich als Stallwache abgestellt hat. Dabei komme ich mir so was von blöd vor. Von dir vermutlich ganz zu schweigen.»

«Ich habe mich nicht beklagt.»

«Musst du auch gar nicht. Also, ackere dich durch deine Fotos, ich schlafe ein bisschen.»

Er hatte sich mittlerweile durch gut die Hälfte der Fotos gearbeitet und bisher niemanden entdeckt, der so aussah, als würde er eine Bombe zünden – ganz besonders nicht in dem Stapel der «zeitnahen» Bilder, den er zur Seite gelegt hatte.

Er zog ein Blatt Papier heran. Während er sich die Fotos anschaute, musste er feststellen, dass er viele der abgebildeten Leute kannte, zumindest dem Namen nach.

Offenbar waren die Zuschauer am Sonntag zum größten Teil Einheimische gewesen. Es konnte nicht schaden, sich deren Namen zu notieren.

«Schlafen kann ich auch nicht!» Ulli setzte sich abrupt auf. «Sollen wir nicht endlich das Mobile über der Wiege aufhängen?»

Van Appeldorn stand auf, setzte sich neben sie auf die Sofakante und fing an, ihr den Rücken zu massieren. Sie stöhnte und rollte die Schultern.

«Wenn du dich inzwischen entschieden hast, welches von den dreien, die wir gekauft haben, es denn nun sein soll, gern.»

«Die sind eben alle so süß.» Sie setzte die Füße auf den Boden. «Ich glaube, ich packe jetzt besser mal meinen Koffer für das Krankenhaus.»

«Der ist schon seit vier Wochen gepackt.»

«Das weiß ich selbst. Ich dachte nur, vielleicht will ich doch den anderen Strampler mitnehmen, den gelben, der ist neutraler.»

«Was spricht gegen Blau? Wir wissen doch, dass es ein Junge wird.»

«Auch Ärzte können sich irren. Außerdem ist Blau so was von klassisch, da wird einem ja ganz übel. Warum nicht Rosa? Schon extra!»

«Wir haben nichts in Rosa.»

«Schlimm genug!»

Sie stand auf und umarmte ihn. «Hör einfach nicht auf mich, ich bin nicht mehr normal. Dieses Wesen hier hat mit mir nichts zu tun. Ich liebe dich, weißt du?»

«Das weiß ich.»

«Ach, ich glaube, ich mache mir einen heißen Rotwein mit Nelken und viel Zucker. Das hat bei meiner Oma immer die Wehen in Gang gebracht. Und du setzt dich wieder an deine Arbeit.»

«In Ordnung.»

Neun Ackermann hatte im Arnheimer Krankenhaus angerufen und erfahren, dass der Kammergerichtspräsident immer noch nicht vernehmungsfähig war. Also war er zur Burg gefahren, um dort beim Landgericht jemanden aufzutreiben, der ihm etwas über Lohmeier erzählen konnte, und ob er sich in seiner beruflichen Karriere möglicherweise Feinde gemacht hatte. Eine ganze Weile hatte er am Burgtor gestanden und auf die Spuren der Verwüstung gestarrt. Der größte Teil der Trümmer war inzwischen weggeräumt worden, aber an der hellgelben Wand waren noch die Feuer- und Blutspuren zu erkennen, und es lag immer noch ein beißend bitterer Geruch in der Luft. Gerade einmal drei Tage war es her, aber es kam ihm vor wie Wochen. Er konnte nicht abschalten, selbst im Schlaf fand er keine Ruhe, den anderen musste es genauso gehen.

Er war froh gewesen, dass er Knickrehm erwischt hatte, einen Richter, mit dem sie schon oft zusammengearbeitet hatten, der hilfsbereit und unkompliziert und einfach ein netter Mensch war. «Walter ist seit achtundzwanzig Jahren an der Burg», hatte er erzählt. «Bei uns heißt er nur ‹Papa Lohmeier›. Er hat einen recht eigenwilligen Humor, kann es überhaupt nicht leiden, wenn ein Angeklagter ihn verscheißern will. Ich weiß noch, vor ein paar Jahren, irgend so ein Junkie hat das Blaue vom Himmel gelogen, hat wohl gedacht, der Richter wäre nur ein netter Opi. Und Papa Lohmeier hat auch die ganze Zeit freundlich gelächelt. Aber bei der Urteilsverkündung hat er dann den inzwischen schon legendären Satz losgelassen: ‹Der Herr Staatsanwalt fordert zehn Jahre Haft, der Herr Rechtsanwalt acht, prima, da nehmen wir doch den Mittelwert: zwölf Jahre.›»

Da hatte Ackermann noch gelacht, aber als Knickrehm fortgefahren war, hatte seine Laune doch deutlich Schaden genommen. «Lohmeier macht bei uns die Drogensachen, hauptsächlich die richtig dicken Dinger. Unter denen, die er über die Jahre verknackt hat, gibt es bestimmt einige, die ihm die Pest an den Hals wünschen. Und ein paar von denen haben meiner Meinung nach durchaus das Kaliber, ein solches Massaker anzurichten, und auch die Möglichkeit, an Bomben zu kommen. Ich suche dir gern ein paar Akten heraus.»

Jetzt stand er hier, einen Packen Papier unter dem Arm, und war frustriert. Normalerweise arbeitete er im Betrugsdezernat, und er hatte schon so manchen Fisch an der Angel gehabt, kleine, aber auch ganz große. Mit einem anständigen Betrüger hatte er keine Probleme, aber mit Drogenleuten wollte er am liebsten nichts zu tun haben, nicht nur die Dealermafia kannte keine Grenzen, auch alle anderen, die mit dieser Szene zu tun hatten, würden jederzeit ihre eigene Oma verkaufen.

Langsam stakste er den Berg hinunter. Vor vierzehn Tagen hatte er in der Garage seine alten Holzclogs wiedergefunden – an die dreißig Jahre alt und immer noch wie neu! – und hatte seitdem keine anderen Schuhe mehr getragen. Seine Frau hatte nur den Kopf geschüttelt, und inzwischen ahnte er, warum. Er musste höllisch aufpassen, dass er sich auf dem feuchten Kopfsteinpflaster nicht die Knochen brach.

Jetzt war erst einmal Telefonieren angesagt, und das war nicht sein Ding. Es machte ihm nichts aus, zwölf Stunden ohne Pause durch die Gegend zu fahren und Leute zu befragen, aber vier, fünf Stunden am alten Zauberknochen, das war Folter! Aber es half ja nichts, er musste herausfinden, wer von den schweren Jungs aus diesem muffigen Stapel hier noch saß, wo die anderen, die schon draußen waren, steckten und welche Connections sie hatten.

Als er endlich bei seinem Auto ankam, schwitzte er.

Wer von diesen Ganoven konnte am Sonntag überhaupt in Kleve gewesen sein? Er ließ die Akten auf die Motorhaube fallen und blätterte – alle mit Foto. Wunderbar!

Die Narbe an seiner Schläfe ziepte. Vielleicht hätte er doch noch einmal Salbe und ein neues Pflaster drauftun sollen.

Toppe rollte langsam vom Klinikgelände und fädelte sich in den Verkehr ein. Er hatte mit mehreren von Hornungs Kollegen gesprochen, und alle hatten im Prinzip das Gleiche gesagt. Natürlich hatte Hornung über die Jahre Patienten entlassen, aber er war ein sehr erfahrener Therapeut gewesen, der niemals jemanden in die Freiheit geschickt hätte, der gefährlich gewesen wäre. Er hatte auch schon Leute ins Gefängnis zurückgeschickt, aber das waren Männer gewesen, die jegliche Therapie abgelehnt hatten, die den Knast einer Auseinandersetzung mit ihrem eigenen Leben und ihrer Tat vorgezogen hatten. Warum sollten sie an Hornung Rache nehmen?

Trotzdem lagen jetzt drei Akten neben ihm auf dem Beifahrersitz. Bei dem einen Fall handelte es sich um einen Doppelmörder, der über zehn Jahre auf Hornungs Station gewesen war und in der ganzen Zeit keinerlei Veränderung gezeigt hatte. Hornung und sein damaliger Oberarzt waren zu dem Schluss gekommen, dass der Mann nach wie vor hochgradig gefährlich war, und hatten ein Gutachten erstellt, das die Rückführung in Haft und anschließende Sicherungsverwahrung empfahl. Nur kurze Zeit später war ein externer Gutachter zu einem völlig anderen Urteil gekommen, und der Täter war bedingt auf Bewährung entlassen worden. Der Mann lebte im Ruhrgebiet. Er hatte sowohl Hornung als auch den Arzt am Telefon zweimal mit dem Tod bedroht – vor vier Jahren.

Bei den beiden anderen Fällen ging es um Gewaltstraftäter, die zu dem Zeitpunkt, als sie zu Hornung in die Klinik kamen, noch unter das Jugendstrafrecht gefallen waren. Beide Fälle ähnelten in ihrem Verlauf dem ersten. Externe Gutachter waren Hornungs Empfehlungen nicht gefolgt, und die jungen Männer waren auf Bewährung freigekommen. Der letzte der beiden Fälle lag noch keine drei Monate zurück. Toppe spürte, wie sein Herz anfing zu stolpern – drei schnelle Schläge, eine Pause, wieder kurze Schläge, Blubbern, als strömte Sprudelwasser durch seine Herzgefäße. Er schaltete die Warnblinkanlage ein und fuhr an den Straßenrand, öffnete das Fenster und versuchte, ruhig und tief zu atmen. Er schlief einfach zu wenig.

Peter Cox schob die Akte beiseite, zog den Zettel mit der Handynummer aus der Hosentasche und wählte. Jemand antwortete, aber er verstand kein Wort.

«Penny?»

«Bist du das, Peter?»

«Ja, ich bin's. Ich habe eben gehört, dass Helmut die letzte Teamsitzung für 19.30 Uhr angesetzt hat. Du bist doch dabei, oder?»

«Klar, ich weiß schon Bescheid.»

«Dann könnten wir wohl gegen zehn fertig sein, schätze ich.»

«Jaa ...»

«Ich fände es schön, wenn wir hinterher zusammen sein könnten, bei mir, meine ich.»

«Das fände ich auch schön.»

«Eigentlich würde ich gern etwas für dich kochen, aber ...»

«Hast du eine Fritteuse?»

«Ja, hab ich.»

«Wie sieht es aus mit Kartoffeln, Mehl, Eiern, Erbsen und Butter?»

«Kartoffeln und Mehl, ja, Eier und Butter auch, aber Erbsen ... nein.»

«Das macht nichts. Ich bin gerade in einem Café. Gleich gegenüber ist ein Fischladen, der hat auch Gemüse. Pass auf, ich koche, und zwar Fish 'n Chips und Mushy Peas.»

«Und was?»

«Mushy Peas, eine Spezialität aus Yorkshire, Erbsenbrei.»

«Hört sich toll an ...»

Sie lachte. «Ich freue mich schon.»

Vor dem Fischladen lief sie fast in einen Bekannten hinein.

«Oliver, du bist ja doch hier! Ich hab dich im Lager gar nicht gesehen.»

«Hi, Penny.» Er lächelte. «Tja, eigentlich wollte Chris mich mitnehmen, aber dann musste ich über Ostern arbeiten. Ich bin erst gestern angekommen.»

«Du hast mal hier gewohnt, nicht?»

«Ja», nickte er, «und jetzt besuche ich alte Freunde.» Er drückte ihr kurz die Schulter. «Man sieht sich. Spätestens beim Junicamp in der Commandery.»

Sie winkte ihm nach. «Kabeljau?», überlegte sie. «Oder doch lieber Rotbarsch?»

«Ich bin bis jetzt nur auf eine einzige brauchbare Spur gestoßen», berichtete Astrid, «und zwar die Kindesmisshandlung, die Toni 1998 angezeigt hat. Das Opfer war ein siebenjähriges Mädchen, Pia Heiligers. Die Sache ist tatsächlich vor Gericht gekommen. Verdächtig war der Stiefvater der Kleinen. Der Mann ist aus Mangel an Beweisen freigesprochen worden. Er hat allerdings infolge des Verfahrens seinen Job verloren, und seine Frau hat sich von ihm scheiden lassen. Mit ihr habe ich heute Nachmittag gesprochen. Er sei aus Emmerich weggezogen, und sie sagt, sie hat keinen Kontakt mehr zu ihm. Ich habe ihn bis jetzt noch nicht ausfindig machen können.»

«Mir ist es ähnlich ergangen», sagte Bernie Schnittges und erzählte von dem orthopädischen Schuh. «Lahms Adresse stimmt nicht mehr. Er hat sein Haus verkauft.

Aber mittlerweile weiß ich, dass er in der Kleiststraße wohnt. Ich will ihn mir gleich morgen früh vorknöpfen.»

«Und ich fahre morgen in Tonis Praxis», schloss Astrid, «und spreche mit seinem Partner. Vielleicht ist dort ja etwas vorgefallen.»

Für sechs Leute war Cox' Büro viel zu klein, und die Luft war schnell verbraucht. Astrid stand auf und öffnete die Tür, außer ihnen war sowieso niemand mehr in diesem Stockwerk.

Penny Small, die auf einem Klappstuhl neben dem Aktenschrank saß, nickte dankbar und schaute dann Toppe an. «Chris Kingsleys Festplatte ist sauber, da sind sich meine Kollegen zu Hause mittlerweile ganz sicher. Sie wollen jetzt noch ein paar zwielichtige Typen überprüfen, mit denen Matthew zu tun gehabt haben könnte. Ich bekomme morgen im Laufe des Tages Bescheid.» Sie machte ein zerknirschtes Gesicht. «Es sieht so aus, als hätte ich ganz unnötig so viel Staub aufgewirbelt. Das tut mir wirklich leid.»

Toppe winkte lächelnd ab. «Sie haben ganz richtig gehandelt, und das wissen Sie auch.» Dann schaute er in seine Unterlagen. «Unsere beiden Krefelder Kolleginnen haben sich heute mit den drei Schwerverletzten unterhalten, die in den Krankenhäusern hier im Kreis untergebracht sind: Eva Hendricks, Marlies van Bentum und Sven Jäger, aber dabei ist nicht viel rumgekommen. Wir bekommen morgen die ausführlichen Berichte. Jetzt fehlt nur noch Jürgen Kolbe, er liegt mit Verbrennungen in einem Krankenhaus in Duisburg. Den wollen sich die beiden noch vornehmen.»

«Un' ich hab mir 'n Marmeladenohr telefoniert», meldete sich Ackermann, der bisher ungewohnt still vor sich hin geschaut hatte, «für nix bis jetzt! Morgen mach' ich mal wat anderes. Der Lohmeier is' Witwer, aber er soll mit seiner Tochter zusammenwohnen, wie ich gehört hab. Mal gucken, wat die mir so zu sagen hat.» Er stöhnte. «Hört mal, Leute, mir is' da noch 'ne Idee gekommen: Wir haben doch die ganzen Fotos. Wenn man sich 'n klein bissken Mühe gibt, müsst' man eigentlich rauskriegen können, wie die Zuschauer alle heißen, ich mein, wer die waren.»

Bernie Schnittges lachte laut auf. «Wie soll das denn gehen? Du spinnst doch!»

«Nee, lass mal, dat hier is' keine anonyme Großstadt, mein Jung'. Jeder hat doch da am Sonntag Bekannte gesehen, oder? Also, ich zumindest, 'ne ganze Menge sogar, un' die haben doch auch wieder andere Bekannte gesehen ... Un' dann kann man dat alles mit den Fotos abgleichen. Un' vielleicht bleiben irgendwann 'n paar übrig, die keiner kennt. Un' dat is' dann vielleicht einer von meinen Drogenjungs hier, von denen et schöne Fotos inne Akten gibt, oder vielleicht einer von Helmuts forensischen, wer weiß.»

Schnittges schüttelte den Kopf. «Dein ständiges Lob auf die Kleinstadt in Ehren, Jupp, aber bei an die fünfhundert Zuschauern – unmöglich!»

«Es wäre einen Versuch wert», sagte Toppe und nickte Ackermann zu.

Der freute sich. «Ich nehm mir 'n paar von der Streife dazu, die kennen doch auch genug Leute. Ihr werdet sehen, dat fluppt.»

«Soll ich die Fotos bei Norbert wieder abholen lassen?», fragte Cox.

«Ach wat, dat mach ich selbst, liegt ja quasi auf'm Weg. Dann kann ich dem gleich meine Drogenfreaks auf 't Auge drücken, wenn dat in Ordnung geht, Chef. Hat ja sonst nix zu tun, der arme Schloof.»

Cox stand auf. «Das Amateurvideo, ich habe es mir schon angeschaut, aber vier Augen sehen mehr als zwei.»

«Zwölf», gab Ackermann zu bedenken, «zwölf Augen.»

Doch Cox ignorierte ihn. «Kommt ihr mit runter in den Besprechungsraum, dann lasse ich es mal laufen.»

«Mann, is' dat verwackelt», meinte Ackermann nach dem zweiten Durchlauf, «da wird einem beim Gucken ganz schlecht.»

«Stopp!», rief Astrid. «Spul mal ein Stück zurück ... Stopp! Genau, da, der Mann am linken Bildrand ...»

«Dat is' Jäger, der Stadtmanager», erklärte Ackermann.

«Okay, der hat doch da was in der Hand, sieht nach einem Plastikbecher aus, oder?»

Wieder wusste Ackermann Bescheid. «Bier», sagte er. «Die Kneipe an der Schlossstraße hatte 'n Stand draußen, Halbliterbecher Kölsch. Hatt' ich auch mit geliebäugelt, aber dann hab ich mir doch lieber 'n Eis gekauft.»

Astrid nickte. «Jetzt lass mal ein Stück vorlaufen, Peter. Geht das vielleicht in Standbildern?»

«Sicher.»

Man sah, wie Jäger zum Trinken ansetzte, dann aber von jemandem außerhalb des Bildes angerempelt wurde.

Der Becher rutschte ihm aus den Händen und klatschte auf den Tribünenboden.

«Zwischen den Planken sind Ritzen», stellte Astrid fest. «Daran kann ich mich erinnern.»

«Du meinst ... die drei Bomben, die nich' hochgegangen sind», verstand Ackermann und lief zu der Schautafel, an der eine Skizze der Tribüne hing, auf der die Positionen der Sprengsätze eingezeichnet waren. «Scheint mir die richtige Stelle zu sein.»

«Na ja», fragte Cox skeptisch, «hätte ein halber Liter Bier gereicht, die Zünder so zu durchweichen, dass sie nicht mehr ausgelöst haben?»

«Ich weiß es nicht», antwortete Toppe und schaute auf die Uhr. «Heute erwischen wir keinen von den Sprengstoffexperten mehr.»

Astrid rieb sich die Schläfen. «Wenn es wirklich das Bier war, dann waren die Bomben vielleicht doch ordentlich gebaut, und der Attentäter ist möglicherweise doch kein Amateur.»

«Ach wat!» Ackermann schüttelte den Kopf. «'n Profi hätt' so wat einkalkuliert un' die Dinger schön wasserdicht verpackt. Et hätt' doch schließlich auch regnen können.» Er schlüpfte in seine Jacke. «Ich mach mich dann mal vom Acker, wenn et recht is'. Muss ja auch noch bei Norbert vorbei.»

Auch die anderen suchten ihre Sachen zusammen.

Penny drückte Cox ihren Sturzhelm in die Hand. «Ich muss schnell nochmal an den Kühlschrank in der Teeküche.» Sie lachte, als sie Peters verdutztes Gesicht sah. «Der Fisch», erklärte sie. «Warte auf mich, ich bin gleich wieder da.»

«So, so», sagte Astrid und musterte Cox neugierig. Toppe legte ihr schmunzelnd den Arm um die Schultern und zog sie mit sich hinaus. «Dann wollen wir mal nicht weiter stören.»

«Ähem», hielt Cox sie zurück, «wie geht es euch eigentlich so?»

Astrid drehte sich um. «Wie meinst du das?», fragte sie irritiert.

«Ich weiß nicht genau. Ich finde, Helmut sieht schlecht aus, den ganzen Tag schon.»

«Mir geht es gut», winkte Toppe schnell ab. «Ich schlafe nur nicht besonders gut, aber das geht uns wahrscheinlich allen so.»

Astrid schaute ihn besorgt an. «Peter hat recht, du bist ganz grau im Gesicht.»

«In meinem Alter braucht man halt seinen Schönheitsschlaf.» Er küsste sie.

Sie machte sich von ihm los. «Wenn wir zu Hause sind, koche ich dir Fencheltee, der soll beruhigend wirken.»

«Igitt!» Toppe schüttelte sich. «Glühwein oder Grog wäre mir lieber.»

Sie hatten sich geliebt, ein wenig geschlafen und sich wieder geliebt. Sie hatten gelacht, als sie sich beide ein bisschen geschämt hatten, weil sie nach Fisch schmeckten, und sie waren traurig und still geworden, als es Zeit war, zur Arbeit zu gehen. Und jeder einzelne Moment miteinander hatte sich gut und richtig angefühlt. Sie waren früh aufgebrochen – zuerst zu Pennys Hotel gefahren, damit sie sich frische Sachen anziehen konnte –, und als sie im Präsidium ankamen, waren sie die Ersten. Cox nahm sie mit hoch in sein Büro, zog sie auf seinen Schoß, hielt sie in den Armen, und sie vergrub ihr Gesicht an seinem Hals. Schließlich küsste sie ihn. «Und wenn ihr den Fall abgeschlossen habt, kommst du.»

«Ich nehme den ersten Flieger nach Birmingham. Und du findest heraus ...»

«... ob ich in Deutschland arbeiten kann. Sobald ich zu Hause bin.»

Die Tür flog auf, und Ackermann polterte herein. «Au verdammich, junges Glück, un' dat werd ich jetzt erst gewahr! Tut mir echt leid, aber die warten alle auf euch, die Teamsitzung läuft schon.»

Sie hatten keine Eile, sich voneinander zu lösen.

Ackermann legte den Kopf schief und lächelte versonnen. «Also, ihr zwei, dat passt irgendwie ... dat passt sogar richtig gut.»

Das Schwein saß da und fraß sein Frühstück. Saß da am Fenster, las Zeitung und grinste.

Ihm stülpte sich der Magen um, und er legte das Fernglas weg. Die Narben an seinen Armen brannten wie Feuer.

«Die Schulkonferenz hat entschieden, beide Jungen am Institut zu behalten, unter großem Vorbehalt selbstverständlich.»

Die ölige Stimme des Direx, und sein Alter sitzt da mit zusammengekniffenen Arschbacken und starrt nadeldünne Löcher in die Wand.

Hinter dem Direx steht das Schwein und grinst. «Ich bin

gern bereit, die beiden ein bisschen unter meine Fittiche zu nehmen.»

Und grinst.

Thorsten heult Rotz und Wasser, lässt sich von seiner Mutter halten, schaut ihn nicht an. Schaut seitdem keinen mehr an.

«Weitere Disziplinarmaßnahmen überlasse ich Ihnen als Eltern.»

Sein Alter steht auf und geht, sagt kein Wort.

Das Schwein grinst.

Er musste sich einen Leihwagen besorgen, sein eigener fiel zu sehr auf.

Wenn er ein Auto hatte, konnte er rund um die Uhr an ihm dranbleiben, jede Minute.

Warten, bis es so weit war.

Der Anruf aus England kam, als die Teambesprechung gerade zu Ende war: Gegen Matthew Hendry lag nicht das Geringste vor. Toppe nahm Penny mit in sein Chefbüro und schickte nach Matthew.

Sie sah unglücklich aus. «Ich habe John versprochen, dass ich den Jungen sicher nach Hause bringe, aber ich kann mir nicht vorstellen, dass er freiwillig zu mir aufs Motorrad steigt. Er ist nicht gerade gut auf mich zu sprechen.»

«Das wird schon», sagte Toppe und bot ihr eine Zigarette an. «Ich habe bei den Kollegen von der Motorradstaffel einen Helm und einen Schutzanzug für ihn besorgt. Sie wollen die Sachen allerdings bald zurückhaben, da sind sie ein bisschen eigen.»

Penny nickte. «Das kann ich gut verstehen. Ich schicke sie gleich morgen zurück. Danke übrigens, das ist wirklich nett von Ihnen.»

Matthew trug immer noch sein zerschlissenes Kostüm, und er stank wie ein Puma.

Penny sprang vom Stuhl und baute sich vor ihm auf. «Verdammt nochmal, du Ferkel! Ich habe dir doch die Tasche mit deinen Sachen gebracht, und Duschen gibt es hier auch.»

«Shut up, you dirty little bitch!»

Ehe Toppe reagieren konnte, hatte Penny dem Jungen mitten ins Gesicht geschlagen. «Keiner nennt mich eine Hure!»

Matthew hielt sich die Wange und wich einen Schritt zurück. «Am liebsten würde ich diesen Nazistall hier auseinandernehmen.»

Toppe spürte, wie ihm auf einmal kalt wurde. «Ich schlage vor, Sie halten sofort den Mund», sagte er leise, «dann könnte ich so tun, als hätte ich Sie nicht verstanden.»

Matthew wurde blass, und als Penny ihm etwas zuzischte, senkte er den Kopf.

«Wo ist deine Tasche?»

«Auf dem Flur.»

«Na schön», seufzte sie und lächelte Toppe an. «Ich nehme ihn mit ins Hotel, dort kann er duschen und sich umziehen. Und dann sollten wir uns auf den Heimweg machen.»

«Die Motorradkleidung liegt unten auf der Wache. Soll ich einen Platz für Sie auf der Fähre buchen?»

«Nicht nötig, mit dem Motorrad kommt man immer

noch irgendwie mit. Außerdem ist es billiger, wenn man das Ticket vor Ort löst.» Sie streckte Toppe die Hand hin. «Ich denke, wir sehen uns wieder.»

«Das hoffe ich sehr.»

Dann knuffte sie Matthew mit dem Ellbogen. «Get organized, pikeman! Ich möchte mich noch von jemandem verabschieden.»

Zehn

Sie würde anrufen, sobald sie zu Hause war, aber bis dahin lag noch der ganze Tag vor ihm. Er musste für eine Weile raus aus dem Büro, und die Sache mit der Supervision machte ihn zudem schon die ganze Zeit verrückt.

Peter Cox blätterte im Telefonregister: «Traumaambulanz der Rheinischen Kliniken».

Er wurde sofort zum Chefarzt durchgestellt, Jean Nagel. Cox wusste, dass der Mann Belgier war, aber er konnte keinen Akzent ausmachen - vielleicht war auch er mit einem deutschen Elternteil aufgewachsen. «Ich werde schon Zeit für Sie finden. Kommen Sie einfach her.»

Nagel war ein etwas rundlicher Mittfünfziger mit einem freundlichen Gesicht und warmen Augen. «Posttraumatische Belastungsstörung», sagte er, «die kann sich auf vielerlei Arten bemerkbar machen: Luftnot, Herzrhythmusstörungen, Verdauungsbeschwerden, Magenschmerzen, Schlafprobleme, Kopfschmerzen, Potenzstörungen.»

Cox riss die Augen auf. «Potenzstörungen? Wie soll ich die denn feststellen?»

Nagel lächelte. «Das dürfte in der Tat schwierig werden. Achten Sie einfach darauf, ob sich das Verhalten Ihrer Kollegen verändert. Haben sie Schuldgefühle?

Kommt es zu Flashbacks? Sind sie unangemessen gereizt oder vielleicht auffallend indifferent? Sind sie völlig überdreht, oder haben sie möglicherweise plötzliche Absencen?»

«Und was soll ich tun, wenn ich so etwas beobachte?»

«Eingreifen», antwortete Nagel schlicht. «Das Wichtigste ist, sie sofort aus dem Dienst zu entfernen, bevor sie Fehler machen. Und dann schicken Sie sie hierher.»

«Mein Chef gibt zu, dass er schlecht schläft, aber für mich sieht er richtig krank aus.»

«Sprechen Sie ihn darauf an. Es kann auf keinen Fall schaden, wenn er zu mir kommt. Sagen Sie ihm das, und behalten Sie ihn weiter im Auge.»

Cox nickte unglücklich.

«Möchten Sie einen Kaffee?», fragte Nagel.

«Ja, gern.»

Der Arzt ging zur Espressomaschine, die auf einem Tisch unter dem Fenster stand, und kam mit zwei kleinen Tassen zurück. «Sie haben doch noch etwas auf dem Herzen», stellte er fest, als er Cox den Zuckerstreuer reichte.

«Schon», meinte Cox, «ich versuche, mir ein Bild von unserem Bombenattentäter zu machen, und ich dachte, Sie könnten mir vielleicht dabei helfen.»

«Na ja, ganz offensichtlich ist doch, dass sich jemand zum Herrn über Hunderte von Menschenleben aufspielt. Da trifft jemand mit einem einzigen Knopfdruck die Entscheidung, ob einer leben darf oder nicht – ein grandioses Erlebnis mir einem höchst effizienten Ergebnis.»

Cox schaute ihn unbehaglich an. «Das klingt zynisch.»

«Nein, überhaupt nicht. Es geht um Macht, grenzenlose Gier, Allmachtsgefühle und gleichzeitig um Ohnmacht und Minderwertigkeit.»

«Ja, aber was ist das für ein Mensch? Wer macht so etwas Grauenhaftes?»

«Mit der Frage kommen Sie nicht weiter, weil es eine moralische Frage ist. Mit den Kategorien Moral und Gewissen kommt man dem Täter nicht nahe. Die Frage muss sein: Wie denkt dieser Mensch? Normalerweise gelingt es uns, mit persönlichen Niederlagen, mit den Unbilden des Lebens fertig zu werden. Bei dem Attentäter hingegen liegt infantiles Denken vor. Das heißt: Ich erlebe eine Niederlage und verurteile den anderen zum Tode; mir passiert etwas, und daraus folgt automatisch Rache. Hinter dieser Tat steckt ein enormer Hass, der nur durch einen ebensolchen Größenwahn beantwortet werden kann. Ich denke, dass dieser Hass aus einem vollkommenen Ausgeliefertsein entstanden ist.»

Cox trank den letzten Schluck Kaffee und stellte die Tasse ab. «Könnte die Tat also die Antwort auf irgendein Trauma sein, das der Täter kürzlich erlebt hat?»

«Nein», antwortete Nagel bestimmt. «Der ursprüngliche Schaden muss länger zurückliegen – ein frühkindliches Trauma. Der Täter hat kein ausgereiftes Gewissen. Für ihn gibt es nur ganz gut oder ganz böse, das strikt voneinander getrennt ist. Und ich könnte mir vorstellen, dass er auch zu selbstzerstörerischen Handlungen neigt: Tattoos, Piercings, Schnitte, Verstümmelungen.»

«Hm.» Cox überlegte. «Für den Täter ist ein anderer

Mensch nur gut, wenn er genauso funktioniert, wie der Täter es will.»

«Richtig», bestätigte Nagel, «und wenn nicht, ist der andere ein Schwein und zum Abschuss freigegeben.»

«Im Augenblick gehen wir davon aus, dass der Attentäter es nur auf eine einzelne Person abgesehen hatte», sagte Cox. «Ist das vorstellbar?»

«Durchaus.»

«Und wenn diese Person überlebt hat, würde der Täter es dann noch einmal versuchen?»

«Davon können Sie ausgehen. Und es muss nicht zwangsläufig eine Bombe sein.»

Wieder umziehen.

«Das gehört dazu, wenn du Karriere machen willst, mein Sohn.»

Offizier bei der Royal Air Force.

Alle drei Jahre wieder weg, wieder eine neue Schule, neue fiese Typen, neue Scheißlehrer.

«Und der Köter kommt nicht mit! Für den ist kein Platz.»

Bobo?

Der Alte drückt ihm den Spaten in die Hand. «Geh ein Stück von den Häusern weg. Es muss nicht jeder mitkriegen.»

Er hört gar nicht hin, nimmt den Terrier auf den Arm, gräbt seine Nase ins Nackenfell.

Sein Alter fasst zu, umklammert sein Kinn und starrt ihn an. «Es ist dein Hund. Abendessen ist um halb sieben.»

Und die Alte steht dabei, sagt nichts. Ist wie immer gar nicht da.

Abends legt sie ihm eine Tafel Schokolade auf das Kopfkissen.

Ein Sofa, ein Resopaltisch, zwei Stühle, ein Fernsehapparat, mehr passte nicht in das kleine Zimmer, in das Herbert Lahm Bernie Schnittges führte.

«45 qm insgesamt», sagte der Mann, als er bemerkte, wie Schnittges sich umschaute, «mehr steht mir nicht mehr zu. Das Schlafzimmer ist noch kleiner.»

Ein gebeugter Mann, grau, genauso staubig wie seine Wohnung. Er hinkte und hatte offensichtlich Schmerzen, als er sich aufs Sofa setzte. Schnittges wählte einen der Stühle und stellte den Beutel mit dem Schuh auf den Tisch. «Das ist also Ihr Schuh, haben Sie gesagt?»

«Sieht wohl so aus.»

«Wann und wo haben Sie ihn verloren?»

«Am Sonntag an der Schwanenburg.» Lahm saß sehr gerade, lehnte sich nicht an. «Als die Bombe hochgegangen ist und ich weggerannt bin.»

«Und wieso haben Sie sich nicht bei uns gemeldet? Das Foto dieses Schuhs mit einem entsprechenden Aufruf hat in allen Zeitungen gestanden.»

Lahm schob die Hände zwischen die Knie. «Ich kriege schon lange keine Zeitung mehr.»

«Aber Sie sind doch auf diesen Schuh angewiesen, oder sehe ich das falsch?»

Der Mann schaute auf seine Füße. «Ich hab ja noch das alte Paar hier. Ich wollte den neuen Schuh gar nicht wiederhaben, er hat ziemlich gedrückt. Deswegen hab ich ihn ja auch verloren, ich hatte die Schnürbänder offen.»

«Und das Rezept für Ihre Schuhe hat Dr. Pannier ausgestellt?»

«Ja, schon seit Jahren.»

«Tja», sagte Schnittges, «jetzt müssen Sie sich wohl einen anderen Arzt suchen.»

«Wieso?» Lahms Augen blickten trübe.

«Weil Anton Pannier bei dem Attentat ums Leben gekommen ist.»

«Das gibt es doch gar nicht. Das ist ja furchtbar!»

«Sie haben es nicht gewusst?»

«Nein, ich komm nicht mehr viel unter Leute.»

«Das mag ja sein», dachte Schnittges, «aber dass du in diesem Kaff, nach diesem Knall, bei dem du selbst dabei warst, von Tuten und Blasen keine Ahnung haben willst, das kannst du mir nicht weismachen.»

Der Mann wollte anscheinend etwas loswerden, am besten, er ließ ihn reden.

«Was ist eigentlich mit Ihnen passiert?»

«Meinen Sie das Bein oder das hier, die Hartz-IV-Bude?»

«Alles.»

Lahm lehnte sich zurück und verzog das Gesicht. «Mein Rücken», erklärte er und suchte nach einer bequemen Position. «Gott, wo soll man anfangen? Ich war mal Lagerleiter bei der Margarine Union, aber dann hatte ich auf dem Weg zur Arbeit einen Mopedunfall, vor fuffzehn Jahren, da war ich gerade vierzig geworden.» Er klopfte auf sein Bein. «Davon hab ich das hier. Und damit konnte ich ja nicht mehr körperlich arbeiten, also haben sie mich umgeschult auf Einzelhandelskaufmann. War schwer genug, ich hatte es nämlich nie so mit dem Rechnen und dem Schriftlichen. Aber es ging, und ich konnte in der Firma bleiben, zehn Jahre lang, bis der Betrieb dichtgemacht wurde. Ich glaub, Sie sind nicht von hier, oder?»

«Aus Krefeld», sagte Schnittges.

«Dann können Sie das wahrscheinlich nicht wissen, aber die Fabrik ist von den Asiaten aufgekauft worden. Es gab keine Ausgleichszahlungen, und ich stand auf der Straße. Ein Jahr lang hab ich Arbeitslosengeld I kassiert, aber da war ja noch mein Haus, das war schon fast abgezahlt, und das musste ich dann verkaufen. Die erwarten ja von dir, dass du erst mal alles flüssig machst und davon lebst, bis nichts mehr da ist, bevor du auch nur einen Pfennig siehst vom Staat.» Er ließ die Schultern nach vorn fallen und schaute auf seine Hände. «Und wie das dann so geht, wenn du in der Scheiße steckst, will keiner mehr was mit dir zu tun haben: Frau weg, Kinder weg – das Ende vom Lied. Und ich muss vielleicht noch froh sein, dass ich den Unfall hatte damals, war ja ein Berufsunfall. Jetzt zahlt mir die BG eine Dauerrente von sage und schreibe 260 Euro! Ist das nicht großzügig?»

«Scheißspiel», brummte Schnittges. In den letzten Monaten waren ihm so einige Hartz-IV-Karrieren untergekommen, und manche gingen ihm wirklich an die Nieren. Lahm nickte dumpf. Jetzt, nachdem er seine Leidensgeschichte losgeworden war, saß er da, als hätte man ihm die Luft herausgelassen.

«Dr. Pannier war also Ihr behandelnder Arzt?», versuchte Schnittges wieder zur Vernehmung zurückzukommen.

«Für die Schuhrezepte? Ja, immer Pannier. Den kannte

ich noch aus dem Krankenhaus. Als ich wegen meinem Unfall drin lag, war er da Oberarzt.»

«Und? War Pannier ein guter Doktor? Oder hatten Sie schon mal Probleme mit ihm?»

«Mit Pannier? Auf keinen Fall. Der war ein feiner Kerl.»

Lahms Blick wurde unstet, flackerte hin und her. Irgendetwas stimmte hier nicht, aber Schnittges beschloss, es ruhig angehen zu lassen. «Haben Sie ein Handy?»

«Was? Ja, habe ich.» Lahm schob das Becken vor und zog den Apparat aus der Hosentasche. «Mit Karte», sagte er, «da habe ich mehr Kontrolle.»

«Ich schau es mir mal an.» Schnittges nahm das Telefon, drückte ein paar Tasten und machte sich Notizen.

«Was machen Sie denn da?» Lahm klang alarmiert. «Wofür soll das gut sein?»

«Ermittlungen», sagte Schnittges nur und gab ihm das Telefon zurück. «Und jetzt erzählen Sie mir von Sonntag.»

«Wie, Sonntag?»

Bernie Schnittges antwortete nicht.

«Ach so, an der Burg meinen Sie. Ja, was soll ich da sagen? Mein Nachbar hatte mir von den Engländern erzählt, und ich habe gedacht, das guck ich mir mal an. Ich hab ja sonst nichts zu tun. Aber viel hab ich nicht zu sehen gekriegt, weil ich in der Stadt meinen Schwager getroffen habe, und der hat mir ein Bier ausgegeben. Und wie das dann so geht ... Ich hab Trommeln gehört und Schüsse und Geschrei. Und gerade wie ich aus der Kneipe komm und fast schon an der Burg bin, gibt es einen Riesenknall, und die ganzen Menschen kommen angerannt und schreien vor Angst. Da bin ich einfach mitgerannt, und dabei hab ich dann meinen Schuh verloren. Unten am Fischmarkt bin ich stehengeblieben und hab die Krankenwagen kommen sehen, Polizei und alles. Ich hab noch gewartet, aber keiner wusste was Genaues. Da bin ich dann nach Hause, auf Socken.»

Schnittges notierte sich Namen und Adresse des Schwagers und klappte seinen Block zu. Er würde sich auf jeden Fall in Panniers Praxis nach Lahm erkundigen, denn irgendetwas verschwieg der Mann.

«War das wirklich eine echte Bombe?» Herbert Lahm hatte die Stimme gesenkt.

«Echt genug.»

«Terroristen in Kleve.» Lahm schüttelte den Kopf. «Was soll das bloß? Hier gibt es doch nichts.»

Die Gemeinschaftspraxis war wegen des Trauerfalls die ganze Woche geschlossen, aber Edwin Koch, Anton Panniers Partner, war heute für zwei Stunden gekommen, um die Patienten, die in der vergangenen Woche operiert worden waren, nachzuuntersuchen.

Als Astrid ankam, verabschiedete er sich gerade von einer jungen Frau, die eine Gipsschiene am linken Arm hatte.

«Das war's für heute», sagte er und schüttelte Astrid die Hand. «Lassen Sie uns nach oben gehen.» Koch war aufgewühlt und traurig, aber seine Bewegungen und die flinken braunen Augen verrieten, dass er ein agiler Mann war, der nicht lange stillsitzen konnte.

«Der Anschlag soll Toni gegolten haben?», fragte er ungläubig. «Im Leben nicht! Da hätte ich mir eher vorstellen können, dass Toni jemanden in die Luft jagt – die AOK zum Beispiel.»

«Die Kassen kürzen an allen Ecken und Enden», erklärte er. «Unsere Einnahmen sind seit dem letzten Jahr um dreißig Prozent gesunken. Für mich ist das nicht ganz so schlimm, ich bin ledig und habe keine Kinder, aber für Anton mit den beiden Jungen in der Ausbildung und den Hypotheken wurde es richtig eng.»

«Man liest ja so einiges», sagte Astrid, «aber dass es so dramatisch ist, habe ich nicht gewusst.»

«Natürlich nicht! Was liest man denn? Die armen Ärzte verdienen weniger Geld, ach Gott, da müssen sie doch tatsächlich auf ihren Drittwagen verzichten und das Golfspielen aufgeben, nein, wie schrecklich! Dass es uns an die Existenz geht, weiß keiner, will auch keiner wissen. Etliche Kollegen fliegen jedes Wochenende nach England und machen dort Notdienst. Das bringt immerhin so viel ein, dass sie ihre Praxen halten und ihre Familien ernähren können. Und dann wirft man uns auch noch vor, dass wir gern Privatpatienten behandeln. Das sind die Einzigen, bei denen wir etwas verdienen, und das ist wenig genug.» Er hielt inne. «Na ja, deswegen sind Sie bestimmt nicht hier.»

Auf Astrids Fragen konnte er nur immer wieder den Kopf schütteln. Toni hatte keine Feinde gehabt, seine Patienten hatten ihn gemocht, er war jemand gewesen, der wunderbar mit Menschen umgehen konnte. Und überhaupt, ein Bombenleger, ein Massenmörder, so jemanden kannten sie nicht.

Unten in der Praxis klingelte es, dann hämmerte jemand gegen die Tür.

«Wollen Sie nicht nachschauen gehen?»

«Nein», sagte Koch energisch. «Wir haben geschlossen, das kann jeder lesen.»

Astrids Handy klingelte. «Entschuldigung», sagte sie und meldete sich. «Bernie? Ach, du bist das! ... Ja, okay, sofort.»

Sie lächelte Koch an. «Der Poltergeist da unten ist ein Kollege von mir, der auch ein paar Fragen an Sie hat.»

Koch lief nach unten, um Schnittges hereinzulassen. Der kam schweren Schrittes heraufgestapft, rotglänzende Wangen. Koch musterte ihn. «Möchten Sie ein Glas Wasser?»

«Nein danke, ist schon in Ordnung. Ich sehe immer so aus, Erbmasse.» Er warf Astrid einen fragenden Blick zu. «Wenn ihr mitten im Gespräch seid, hocke ich mich auf die Treppe und warte. Ich will nicht stören.»

«Lass mal», antwortete sie. «Wir waren eigentlich durch.»

Schnittges ließ sich auf den Stuhl fallen, den Koch unter dem Tisch hervorgezogen hatte, und packte seinen Block aus. «Ich komme gerade von einem von Panniers Patienten, einem gewissen Herbert Lahm.»

«Lahm», sagte Koch nachdenklich und kniff sich in die Nase. «An den hatte ich gar nicht gedacht.»

Schnittges berichtete, was Lahm ihm erzählt hatte, und Koch nickte. «Ein armes Schwein, wirklich. Aber in den letzten Monaten ist er zu einer echten Plage geworden, steht jede Woche bei Toni auf der Matte und versucht, ihn totzulabern. Die Gutachter haben damals seine Invalidität bei 30% eingestuft. Das war auch ganz in Ordnung so. Aber mittlerweile, nach fünfzehn Jahren

Beinverkürzung, hat der Mann natürlich Folgeschäden, Schmerzen im Rücken durch die Fehlhaltung und, und, und. Jetzt ist er auf ein neues Gutachten aus, das ihm 50% Invalidität bescheinigen soll – dann würde er nämlich die volle Berufsunfähigkeitsrente bekommen und wäre seine finanziellen Sorgen los. Und Toni soll ... sollte ihm diese Gutachten erstellen. Wir haben öfter solche Fälle, und den Patienten ist die Sachlage meistens nur schwer beizubiegen. Die Probleme, die Lahm heute hat, sind degenerative Beschwerden und keine direkten Unfallfolgen. Und nur solche erkennt die Berufsgenossenschaft an. Das ist zwar oft tragisch, aber leider die Rechtslage. Ein Gutachten, wie Lahm es sich wünscht, konnte Toni gar nicht erstellen. Aber das sieht der Kerl einfach nicht ein, er kommt jedes Mal wieder mit neuen Ideen. Dabei könnte es ihm viel besser gehen, wenn er sich noch einmal operieren ließe, und das hat Toni ihm auch gesagt. Aber davor hat Lahm anscheinend panische Angst.»

«Ist dieser Lahm irgendwann mal aggressiv geworden?», fragte Astrid.

«Aggressiv? Ach, na ja, in letzter Zeit schon mal ein bisschen laut, aber nicht so, dass ich mich hätte einmischen müssen. Damit kam Toni prima klar, er konnte an der richtigen Stelle selbst schon mal laut werden.» Er verstummte und presste für einen Moment die Fäuste gegen die Augen, dann runzelte er die Stirn. «Ach so, Sie meinen, dieser Lahm ... Der und eine Bombe? Dieser arme Wicht? Kann ich mir nicht vorstellen. Ich meine, dann hätte er Toni doch hassen müssen, und das war nicht so. Er hat ihn vielleicht als seinen letzten Ausweg gesehen, aber gehasst, nein, bestimmt nicht.»

Astrid schaute Bernie an. Der zuckte die Achseln. «Ich würde ihn auch nicht so einschätzen. Der ist nicht gerade das hellste Licht am Tannenbaum. Na, wie auch immer, ich knöpfe ihn mir gleich noch einmal vor.»

Sie verabschiedeten sich.

«Hübsches Städtchen», meinte Schnittges, als sie auf die Straße traten. «Ich hatte keine Ahnung, dass es in dieser Gegend so etwas gibt: mittelalterlicher Marktplatz wie aus dem Bilderbuch. Ich habe dort eben ein Eiscafé entdeckt, sah ganz nett aus. Hast du Lust auf eine kleine Pause? Ich lade dich ein.»

Astrid schaute auf die Uhr. «Na gut, eine halbe Stunde, danke.»

Zehn Minuten später saßen sie an einem Bistrotisch, und Astrid nippte an einem Milchkaffee, während Bernie sich über einen Amarenabecher hermachte.

«Es ist wichtig, dass man sich zwischendurch mal eine kurze Auszeit nimmt und abschaltet», sagte er, «gerade in unserem Job.»

Astrid neigte zweifelnd den Kopf. «Und das kannst du so einfach?»

Bernie grinste. «Nicht wirklich, aber ich gebe mir redlich Mühe. Diese Geschichte hat's aber auch in sich. Seit viereinhalb Tagen arbeiten zwanzig Leute unter Hochdruck, und bis jetzt scheinen wir nicht einen Meter weiter zu sein.»

«Dieser Herbert Lahm», überlegte Astrid, «wenn er Anton tatsächlich als seinen letzten Ausweg betrachtet hat, wie Koch meint, dann würde er ihn doch wohl kaum ins Jenseits befördern.»

«Das kann ich mir auch nicht vorstellen. Auf mich

wirkte der wie einer, der eher Hand an sich selbst legt, als um sich zu schlagen, aber ich bin kein Psychologe. Willst du mitkommen?»

«Geht nicht, leider.» Astrid winkte der Kellnerin. «Ich habe endlich diesen Heiligers ausgemacht, der damals seine Stieftochter misshandelt haben soll. Er wohnt jetzt in Westfalen, in der Nähe von Ahlen, arbeitet dort bei der Stadtreinigung.»

«Ahlen? Da war ich schon mal. Von hier aus eine endlose Gurkerei über die Landstraße», sagte Bernie mitfühlend.

Toppe hatte inzwischen herausgefunden, wo sich die Patienten, die Hornung Rache angedroht hatten, heute aufhielten. Am liebsten hätte er sich gleich selbst auf den Weg gemacht, aber er wurde hier vor Ort gebraucht, auch wenn ihm das noch so sehr gegen den Strich ging. Wen aus der Soko konnte er losschicken? Auf keinen Fall einen allein. Das Klopfen an der Tür riss ihn aus seinen Grübeleien. Es war Bärbel Tervooren.

«Ich habe es bisher nur handschriftlich», sagte sie und legte ein dickes, in Leder gebundenes Notizbuch auf den Tisch, «aber ich dachte, du willst die Ergebnisse so schnell wie möglich. Wir sind so gut wie durch mit allen Opfern, die auf der Ehrentribüne gestanden haben.»

Sie wirkte vollkommen ausgeruht und frisch, und Toppe fragte sich, wie sie das hinbekam.

«Na, dann leg mal los», sagte er viel munterer, als er sich fühlte.

«Also gut», begann sie. «Als Erstes haben wir hier die Vorsitzende vom Heimatverein, Marlies van Bentum,

55 Jahre alt. Sie liegt im Krankenhaus in Goch, hat eine Rippenserienfraktur und Probleme mit der Lunge. Sie hat einen Feinkostladen in der Klever Innenstadt, von ihren Eltern übernommen – seit etlichen Generationen im Familienbesitz, wie sie betonte. Van Bentum ist ledig, keine Kinder. Typ alte Jungfer, aber aus Überzeugung. Weit und breit keine Feinde. Dann Eva Hendricks, 54 Jahre alt. Das ist die Frau, der es die Füße abgerissen hat. Sie ist die Vorsitzende der Städtepartnerschaft, verheiratet, keine Kinder. Ihr Mann hat einen Getränkegroßhandel, beide wirken klassisch neureich. Hendricks ist eine unangenehme Person, hat ziemlich über die Militia hergezogen. Von wegen alles Proleten, mit denen anständige Menschen nichts zu tun haben wollten. Aber auch bei ihr weit und breit keiner, der ihr nach dem Leben trachten würde. Der Dritte im Bunde ist der Stadtmanager, Sven Jäger, 36 Jahre alt. Ihm hat sich ein Holzpfosten mitten durch den Körper gebohrt. Jäger ist ein bunter Vogel, hat bei einer Eventagentur gearbeitet, sich dann selbständig gemacht und Musikfestivals organisiert. Er ist viel rumgekommen. Bis jetzt scheint er sauber zu sein, aber Jessica ist noch dabei, einige Angaben zu überprüfen. Und schließlich und endlich Jürgen Kolbe, 42 Jahre alt, liegt in Duisburg, ziemlich üble Verbrennungen. Er ist Lehrer für Sport und Englisch am Gymnasium und Vorsitzender vom Sportausschuss im Stadtrat. Ein Langweiler, ein kleiner Gernegroß. Er sitzt in mehreren Vereinen, aber nur auf kleinen Pöstchen, Kassenprüfer, Schriftführer, so etwas. Es scheint so, als stänkere er schon mal gern herum, aber soweit wir herausfinden konnten, hat er noch nie jemandem

einen Posten abspenstig gemacht.» Sie klappte ihr Buch zu. «Wenn du mich fragst, von denen sollte keiner umgebracht werden.»

«Gute Arbeit», sagte Toppe, «schnelle Arbeit vor allem.»

«Ein eingespieltes Team eben», antwortete sie und wurde tatsächlich ein wenig rot. «Wir haben uns aufgeteilt und uns zwischendurch immer mal kurzgeschlossen. Gott sei Dank gibt's Handys.»

Toppe verzog das Gesicht. «Na ja ...»

Das Telefon klingelte. «Toppe? ... Sagen Sie ihm, ich rufe in zehn Minuten zurück.»

Er legte auf. «Der Landrat», erklärte er.

«Du stehst ganz schön unter Druck», stellte sie mitleidig fest.

«Ach, das geht schon. Die Presse ist am schlimmsten. Die will ständig gefüttert werden, und so langsam gehen mir die flotten Umschreibungen von ‹Wir tappen völlig im Dunkeln› aus.»

Er schob ihr Hornungs Patientenakten hin. «Mir wäre es lieb, wenn du und Jessica diese drei Herren übernehmen könntet.»

«Schwere Kaliber? Lass mal sehen.»

Elf

Ackermann schaute sehnsüchtig aus dem Fenster. Zum ersten Mal seit Wochen schien die Sonne, und er brauchte dringend frische Luft. Seit über vier Stunden saß er jetzt schon über den Fotos, und so langsam flimmerte es ihm vor den Augen.

Als Erstes hatte er eine Liste mit den Namen der Bekannten angelegt, die er am Sonntag an der Burg gesehen hatte, und dann die Fotos nach weiteren bekannten Gesichtern durchforstet. Mit einer ganzen Reihe von diesen Leuten hatte er telefoniert, und fast alle hatten ihm weitere Namen nennen können. Jetzt stand eine Menge Beinarbeit an, und er musste die lieben Mitbürger dazu bringen, sich Berge von Fotos anzuschauen. Tja, irgendwie würde er das schon hinkriegen.

Er nahm die Brille ab und rieb sich die Augen. Immerhin, 187 Namen hatte er schon auf seiner Liste, nicht schlecht für den Anfang. Von wegen unmöglich, Bernie, mein Freund!

Anhand der Hintergründe auf den Fotos hatte er eine Skizze gemacht, wo welche Zuschauergruppen gestanden hatten, und entsprechende Stapel angelegt, aber irgendwie hatte er das Gefühl, dass er noch mehr System reinbringen musste. Aber Systematik war nicht seine Stärke, da machte er sich nichts vor. Das war eher etwas für Peter, er würde ihn später fragen.

Auf jeden Fall war er die Drogenleute losgeworden, der Herr sei gepriesen. Norbert hatte sich nicht beschwert, ihm war es offenbar egal, wie er seine Zeit rumbrachte. So ganz bei sich war der nicht gewesen. Er selbst hatte damals, als sie das erste Kind gekriegt hatten, ganz bestimmt nicht so neben sich gestanden. Aber na ja, er war ja auch erst Mitte zwanzig gewesen, da wusste man noch nicht so viel. Er hätte gern noch mehr Kinder gehabt. Erst vor drei, vier Jahren, als die 50 langsam auf ihn zugekommen war, hatte er noch einmal darüber nachgedacht. Aber seine Frau hatte ihm gehörig den Kopf gewaschen: «Ein Kind, nur damit du dir wieder jung vorkommst? Nix da!» Also hieß es auf Enkel warten. Aber das konnte dauern, seine drei Töchter hatten noch eine Menge vor, ehe sie in Familie machen wollten. Und das war ja auch richtig und gut so – obwohl, manchmal kam es anders, als man dachte.

Jetzt musste er erst mal für ein, zwei Stunden raus hier, sonst fiel ihm die Decke auf den Kopf. Bevor er den Fall Lohmeier ganz abgab, wollte er wenigstens noch mit dessen Familie sprechen, mit der Tochter also, die Frau war ja tot.

Lohmeier wohnte am Prinzenhof, eine bevorzugte Wohnlage der Stadt, zentral, nur ein paar Schritte von der Burg und vom Moritzpark entfernt, und trotzdem sehr ruhig. Die Häuser waren an den Hang gebaut, und von den Gärten hatte man eine phantastische Aussicht über die Ebene der Galleien.

Als Ackermann seinen Wagen am Straßenrand abstellte, kam eine ältere Frau aus der Tiefgarage, die zu Lohmeiers Haus gehörte. Sie war ziemlich groß und hatte ihr grauweißes Haar zu einem altmodischen geflochtenen Dutt hochgesteckt. Sie kam ihm irgendwie bekannt vor.

Hastig sprang er aus dem Auto. «Hallo!», rief er und streckte ihr seine Hand entgegen. «Ackermann, Kripo Kleve. Kennen wir uns nich'?»

Sie beäugte ihn so misstrauisch, dass er schnell seinen Dienstausweis aus der Tasche holte. «Keine Sorge, ich bin echt. Un' ich könnt' schwören, dat ich Sie kenn.»

Aber sie schüttelte den Kopf. «Sind Sie wegen der Bombe hier, wegen meinem Chef?»

«Wenn Ihr Chef Lohmeier heißt. Un' wer sind Sie, wenn ich fragen darf?»

«Ich bin die Haushälterin, Martha Claasen.»

Ackermann runzelte die Stirn, dann ging ihm auf einmal ein Licht auf. «Dat is' et! Sie erinnern mich an die Köchin auf Gnadenthal. Wegner heißt die, Hedwig Wegner.»

«Das ist meine Schwester.»

«Na, dat kann man aber gut sehen.»

Sie holte ihren Schlüsselbund aus der Handtasche und stieg langsam die Eingangstreppe hinauf. «Auf Gnadenthal ist doch vorletztes Jahr ein Mann umgebracht worden. Waren Sie dabei?»

«Bei dem Mord nich'.» Ackermann grinste. «Aber nachher bei der Aufklärung, da wohl.»

«Dann hat meine Schwester mir von Ihnen erzählt. Sie waren der mit der komischen Kleidung.» Sie schloss die Haustür auf. «Kommen Sie doch herein.»

Ackermann folgte ihr in einen kleinen Flur, der nur durch das Oberlicht über der Tür erhellt wurde. Frau

Claasen schlüpfte aus ihrem Lodenmantel und hängte ihn ordentlich an der Garderobe auf. «Darf ich Ihnen etwas anbieten? Kaffee, vielleicht?»

«Aber immer!»

Sie überlegte. «Am besten, wir gehen in die Küche. Da sitze ich sowieso am liebsten.»

«Dat geht mir genauso. Dat Esszimmer bei uns zu Hause nutzt kein Mensch. Ich hab schon überlegt, ob ich nich' 'n Billardtisch reinstellen soll.»

Die Küche war blitzblank aufgeräumt, es roch ganz leicht nach Frikadellen und Kohlrabi.

Ackermann machte es sich auf der Eichenbank bequem, während Martha Claasen geschäftig hin und her lief, Kaffee aufbrühte, Plätzchen aus dem Schrank holte und sie auf einem Glasteller anrichtete. Dabei redete sie ohne Punkt und Komma: «Ich komme gerade aus dem Arnheimer Krankenhaus. Der Richter ist immer noch nicht so ganz auf dem Damm, schwere Kopfverletzungen, wissen Sie, aber ich fahre trotzdem jeden Tag hin, man weiß ja nie. Begreifen kann man das ja immer noch nicht – eine Bombe bei uns in Kleve! Ich war ja, Gott sei Dank, nicht hier. Seit meine Schwester ihren Mann verloren hat, verbringen wir die Ostertage immer zusammen bei ihr. Aber ich hätte mit der Ballerei sowieso nichts am Hut gehabt. Und der Annika hab ich das auch gesagt. ‹Annika›, hab ich gesagt, ‹bleib mit der Kleinen da weg, so was kann gefährlich werden, gerade für Kinder.› Und jetzt sieht man es ja! Und ausgerechnet den Richter muss es treffen. Dabei ist der so ein feiner Mensch, immer lustig und höflich dabei. Na, wenigstens ist er nicht tot, da muss man ja noch richtig dankbar sein. Obwohl, man weiß ja nie, was man davon zurückbehält, von solchen Kopfverletzungen, meine ich. So!» Sie stellte Tassen und Teller auf den Tisch. «Milch und Zucker?»

Martha Claasen war sechzig Jahre alt und seit sechzehn Jahren Haushälterin bei Lohmeiers.

«Der Richter hat mich eingestellt, wie seine Frau so krank wurde, Krebs, Sie verstehen schon. Und wie sie dann gestorben ist, bin ich ganz hier eingezogen, irgendjemand musste sich ja um den Mann kümmern. Ich habe ein Zimmer im ersten Stock mit eigenem Bad, sehr komfortabel.»

«Ich hab gehört, dat die Tochter mit im Haus wohnt.»

«Das stimmt, ja, aber wenn Sie mit der Annika sprechen wollen, müssen Sie nochmal wiederkommen. Die sitzt den ganzen Tag an Papas Bett – war ja immer schon ein Papakind – und kommt nur zum Schlafen nach Hause. Und die Kleine, ihre Tochter, die Fiona, sitzt mit dabei.»

Annika Lohmeier war vierzehn gewesen, als Frau Claasen ins Haus gekommen war – «Ich hab das Kind quasi mit großgezogen» –, und achtzehn, als ihre Mutter starb. Nur ein knappes Jahr später hatte sie geheiratet und sehr schnell eine Tochter bekommen. Mittlerweile war sie geschieden und wieder ins Elternhaus zurückgekehrt.

«Und Sie meinen ehrlich, dass der Bombenleger es auf den Richter abgesehen hat?», fragte sie mit glänzenden Augen. «Aus Rache?»

«Könnt' doch sein.»

«Na, da brauchen Sie gar nicht in die Ferne schweifen. Ich sag nur eins: Nick Raats. So nennt er sich jedenfalls, eigentlich heißt er Dominik.»

«Und wer soll das sein?»

«Na, der Kerl, der unserer Annika das Kind gemacht hat. Ich kann Ihnen sagen, der Richter ist da fast dran kaputtgegangen. Der wusste nämlich sofort, dass dieser Raats ein Verbrecher war, und stimmte dann ja auch.»

Es dauerte eine ganze Weile, bis Ackermann sich ein klares Bild machen konnte, aber was sich ihm dann auftat, war schon ein starkes Stück: Nick Raats war zwölf Jahre älter als Annika Lohmeier und zum Zeitpunkt der Eheschließung Immobilienmakler gewesen. Richter Lohmeier war dahintergekommen, dass der unerwünschte Schwiegersohn in großem Stil Steuern hinterzog, und hatte ihn höchstpersönlich angezeigt. Raats war verurteilt worden und für ein paar Jahre in den Bau gewandert. Annika Lohmeier hatte sich scheiden lassen und war zu Papa zurückgekehrt.

«Und jetzt ist der Kerl seit ein paar Monaten wieder auf freiem Fuß», erzählte Frau Claasen, «und stellt der Annika nach, ruft dauernd an, lauert ihr auf, auch der Kleinen an der Schule. Der Richter lässt Annika schon gar nicht mehr zur Arbeit gehen. Das Kind hat ja damals die Schule hingeschmissen, kein Abitur, gar nichts. Aber jetzt macht sie eine Lehre zur Anwaltsgehilfin bei einem guten Freund. Von dem Raats will sie wirklich nichts mehr wissen. Und der Richter hat gesagt, der Kerl hätte immer noch genug Dreck am Stecken, dass er ihn wieder drankriegt, und diesmal käme der so schnell nicht wieder raus.»

Toppe hatte fast anderthalb Stunden am Telefon verbracht und fühlte sich etwas benommen. Er hatte mit den Sitzwachen in allen Krankenhäusern gesprochen, in denen die Verletzten lagen. Keinem der Polizisten war eine verdächtige Person aufgefallen, alles war ruhig.

Dann hatte er noch einmal den Bürgermeister angerufen. Auch wenn ihm sein Gefühl etwas anderes sagte, durfte er die Möglichkeit nicht außer Acht lassen, dass der Bombenleger es auf die Prominenz abgesehen und nur aus Versehen die zweite Garnitur erwischt hatte. Sie mussten in Betracht ziehen, dass der Attentäter beim nächsten größeren öffentlichen Ereignis wieder zuschlug. Und das fand, nach Auskunft des Bürgermeisters, am Freitag nächster Woche im Museum Kurhaus statt – einem Ehepaar sollte die Ehrenbürgerschaft der Stadt verliehen werden. Dort würde alles, was Rang und Namen im Städtchen hatte, zusammenkommen. Und natürlich morgen bei Panniers Beerdigung. Ihm wäre es am liebsten gewesen, wenn der Bürgermeister sich davon ferngehalten hätte, aber der Mann bestand darauf, seinem Freund die letzte Ehre zu erweisen, er wollte sogar eine kurze Ansprache halten. Toppe war mit dem Einsatzleiter die Sicherheitsmaßnahmen noch einmal Punkt für Punkt durchgegangen und hatte keine Lücken entdecken können.

Wenn viele Trauergäste kamen, würde es ein ganz schöner Affentanz werden. Es würde ewig dauern, bis alle durch die Einzelschleuse auf den Friedhof gelangt waren und die Trauerfeier beginnen konnte. Die Menschen würden wenig erfreut sein.

Ruths und Tonis Kinder wussten Bescheid und hatten

Verständnis gezeigt, aber ihm war klar, wie qualvoll es für sie werden würde.

Er stand auf, besann sich dann aber und drückte auf den Knopf seiner Gegensprechanlage. «Würden Sie mir wohl einen Kaffee bringen?» Doch seine Sekretärin antwortete nicht. Ob sie schon gegangen war? Sie hatte vorhin irgendetwas zu ihm gesagt, aber er hatte nicht hingehört. Wahrscheinlich sollte er im Moment sowieso besser gar keinen Kaffee trinken. «Die Sitzungen des Stadtrates», schoss es ihm durch den Kopf. Auch da mussten sie Sicherheitsvorkehrungen treffen.

Seufzend griff er wieder zum Telefon.

«Die nächste Ratssitzung ist am 17. Mai», teilte ihm die Sekretärin des Bürgermeisters mit. «Haben Sie noch weitere Fragen?» Sie klang schnippisch, und er legte schnell auf.

Am 17. Mai erst, das gab ihm etwas Zeit. Auf alle Fälle mussten das Rathaus und das Museum nach Bomben abgesucht und anschließend bewacht werden. Wo sollte er die Leute hernehmen? Es führte wohl kein Weg an Doppelschichten vorbei – die Kollegen würden begeistert sein. Er rieb sich den steifen Nacken, rollte mit den Schultern. Wenn der Täter es aber nun tatsächlich auf eine einzelne Person abgesehen hatte, würde er bei einem weiteren Anschlag vielleicht gar keine Bombe einsetzen.

Was war das für ein Mensch? Wie dachte er?

Das Telefon unterbrach seine Überlegungen. Es war Astrid. Sie hörte sich müde an. «Ich stehe im Stau, irgendwo auf der Landstraße, keine Ahnung, wann ich zurück bin. Ob du es glaubst oder nicht, hier schneit es.»

Die Zärtlichkeit, die ihn plötzlich erfüllte, entspannte ihn. «Dann lass dir bloß Zeit, ich will dich im Ganzen zurück.»

Sie lachte leise. «Natürlich, was denkst du denn? Diesen Ausflug hätte ich mir übrigens schenken können. Heiligers, der Stiefvater, hat ein Alibi. Im Ort war Osterkirmes, und er hat an beiden Feiertagen dort gekellnert.»

«Wäre ja auch zu schön gewesen», brummte Toppe.

«Was macht dein Herz?», überrumpelte sie ihn.

«Ich weiß nicht, was du meinst», gab er lahm zurück.

«Meine Güte, Helmut, wie lange kenne ich dich? Glaubst du tatsächlich, ich kriege das nicht mit?»

«Es ist wirklich nicht so arg», beschwichtigte er sie. «Es stolpert nur manchmal ein bisschen, leichte Rhythmusstörungen, so was hat jeder mal.»

«Aber nicht so anhaltend. Morgen gehst du zum Arzt.»

«Astrid, morgen ist die Beerdigung.» Er versuchte, streng zu klingen. «Da habe ich nicht mal Zeit zum Luftholen.»

«Das werden wir ja sehen! Hör zu, du Sturkopf, ich muss Schluss machen. Ich sehe da vorn einen Supermarkt, da kaufe ich schnell für unser Abendessen ein.»

«Bis gleich, Liebes.»

Sie hatte ja recht, so langsam wurde ihm selbst etwas mulmig bei den Zicken, die sein Herz machte. Wie weit Jupp wohl mit den Fotos gekommen war? Er tippte die Durchwahl zu Ackermanns Büro ein, aber es meldete sich niemand, und sein Handy war abgeschaltet.

Er brauchte dringend etwas gegen den schalen Geschmack im Mund und durchwühlte seine Schreibtischladen nach etwas Essbarem. Das Einzige, was er fand, war ein angejahrtes Päckchen Kaugummi. Der Himmel allein wusste, wie es dort hingekommen war – er hasste Kaugummi.

Ackermanns Büro war verwaist, sogar die Fotos waren verschwunden. Das Geheimnis lüftete sich, als er in die Wache kam. Die beiden diensthabenden Kollegen hatten die Aufnahmen überall auf den Arbeitsflächen ausgebreitet und waren völlig in ihre Betrachtung vertieft. «Das hier ist Jüppken Jansen mit seiner Frau, auf Foto Nr. 219. Und daneben ihr Bruder. Wie hieß der nochmal?»

Der andere schaute hoch. «Können wir was für Sie tun, Chef?»

«Eigentlich bin ich auf der Suche nach Ackermann.»

«Der musste kurz mal weg, wollte aber nicht lange bleiben. Er hat uns die Fotos hiergelassen. Wir sollen alle mal einen Blick darauf werfen und aufschreiben, wen wir darauf erkennen.»

«Und?»

«Jede Menge.» Der Kollege lachte. «Man kommt ja nicht umsonst von hier. Haben Sie es schon bei Jupp auf dem Handy probiert?»

«Ja, das hat er ausgeschaltet.»

«Hm, dann wird er wohl gerade jemanden in der Mangel haben, da klinkt er sich schon mal gerne aus.»

«Helmut!» Es war Cox, der sich im ersten Stock über das Geländer beugte. «Die Handylisten von den Providern!»

«Schon?» Toppe hastete die Treppe hinauf, aber Peters

grimmiges Gesicht bremste ihn aus. «Hohlköpfe, allesamt! Weißt du, was die gebracht haben? Die haben uns fein säuberlich ausgedruckt, welche Handys am Sonntagnachmittag im Bereich des Sendemastes eingeschaltet waren, und uns netterweise auch noch erklärt, warum ihnen das möglich war. Jedes eingeschaltete Mobiltelefon sendet nämlich alle sechzig Sekunden ein Signal an den Mast und kann so jederzeit geortet werden. Halleluja! Kannst du dir vorstellen, wie viele das waren? Guck dir die Liste an. Aberhunderte! Jeder Esel, der zu Hause auf dem Sofa saß und überhaupt nichts mit der Burg zu tun hatte. Dabei war meine Anfrage – samt richterlichem Beschluss – höchst eindeutig. Soll ich sie dir zeigen?»

«Brauchst du nicht.»

Aber Cox war wirklich sauer und hörte nicht zu, was selten genug vorkam. «Ich habe diesen Schwachmaten gesagt, wir brauchen eine Liste aller Handytelefonate, die am Sonntag gegen 14.56 Uhr geführt worden sind. Telefonate, verstehst du? Und damit hätten wir schon Arbeit genug gehabt, wenn man bedenkt, wie groß der Sendebereich ist.»

Toppe lehnte sich gegen das Treppengeländer – das war ihr vielversprechendster Ansatz gewesen. «Also, alles noch einmal von vorn», sagte er matt.

«Habe ich schon angeleiert», sagte Cox. «Aber die Zeit, die wir verloren haben –»

«Hast du was von Jupp gehört?», fragte Toppe. Was nützte es, wenn sie jammerten. «Der scheint verschollen zu sein.»

«Der wollte sich mit Lohmeiers Tochter unterhalten. Er war noch bei mir und hat eine Riesenzettelwirtschaft hinterlassen. Es ist verrückt, aber er hat schon eine Menge Zuschauer identifizieren können - über seine ureigenen, dunklen Kanäle.» Der Gedanke schien ihn wieder etwas aufzumuntern. «Wenn wir das Ding tatsächlich auf diese Weise geknackt kriegen, glaubt uns das kein Mensch», sagte er mit verhaltenem Grinsen. «Ach ja, noch was: Bis jetzt hat Jupp auf den Fotos weder einen von Hornungs Expatienten entdecken können noch jemanden, den Lohmeier mal in den Knast geschickt hat. Danach hat er als Erstes gesucht.»

«Gut», nickte Toppe, «deswegen wollte ich ihn eigentlich sprechen.»

Bernie Schnittges kam die Treppe heraufgepoltert. Er sah sie kurz an und zuckte die Achseln. «Ich gehe meinen Bericht schreiben.»

Cox schaute ihm hinterher. «Noch einer, der eine Niete gezogen hat.»

Als sie sich abends in Cox' Büro zur Teamsitzung trafen, war Ackermann der Einzige, der einigermaßen bei Laune zu sein schien. «Ich hab vielleicht 'n Kohldampf, Leute», rief er. «Wie sieht et aus, Astrid, willst du uns nich' ein paar Schnittchen machen?»

«Ich kann mich bremsen.»

Er lachte. «War doch bloß 'n Witz, Mädken. Nee, aber ma' im Ernst, wie wär' et denn, wenn ich schnell zum Türken rüberflitz un' für alle Döner un' Pommes hol? Ging dat in Ordnung, Chef? Dauert bloß zehn Minuten.»

Toppe nickte achselzuckend und schaute Astrid an. «Okay», sagte die, «friere ich die Steaks eben ein.»

«Ich könnte tatsächlich etwas Warmes vertragen», stimmte auch Cox zu. «Mein Blutzuckerspiegel ist völlig im Keller. Aber für mich bitte ...»

«... ohne Zwiebeln, weiß ich doch», ergänzte Ackermann. «Un' du, Bernie?»

«Mir egal», grummelte Schnittges. «Hauptsache, du bringst mir ein Bier mit.»

«Aber immer – hoppla!» Ackermann war an der Tür mit Norbert van Appeldorn zusammengestoßen. «Nix für ungut, aber ich hab et eilig!»

Van Appeldorn schaute ihm kopfschüttelnd hinterher. «Bin ich zu spät?»

«Nein, gar nicht», antwortete Toppe. «Setz dich doch.»

«Keine Zeit», winkte van Appeldorn ab. «Ulli wartet im Auto. Wir müssen gleich nochmal zum Ultraschall. Ich wollte nur einen kurzen Zwischenstand geben. Also, mit den Drogenjungs, die Lohmeier verknackt hat, bin ich so gut wie durch. Die sind alle sauber, zumindest was ihre Alibis für Sonntag angeht. Um deren sonstige Umtriebe habe ich mich nicht gekümmert. Zwei von den Vögeln stehen noch aus, die nehme ich mir morgen vor.»

«Bekomme ich dann auch deinen Bericht?», wollte Cox wissen.

«Natürlich, liegt spätestens übermorgen bei dir auf dem Schreibtisch.» Van Appeldorn schaute auf seine Uhr. «Ich rufe dich später zu Hause an, Helmut, dann kannst du mich auf den neuesten Stand bringen.» Damit war er schon wieder verschwunden.

Toppe seufzte. «Fein, ich kann noch einen draufsetzen. Bärbel Tervooren hat mich eben angerufen. Sie und Jessica haben die drei forensischen Patienten überprüft, die Franz Hornung bedroht haben. Auch bei denen ist nichts zu holen, deren Alibis sind alle wasserdicht.»

«Na, klasse, dann passt mein Bericht ja ins Raster», knurrte Schnittges. «Ich habe mit Lahms Schwager gesprochen und mir danach auch den Kerl selbst noch einmal vorgenommen. Und ihr wisst, dass ich nicht gerade zimperlich bin, wenn es nötig ist. Aber nix, null, niente – der Mann weiß nicht einmal, wie man Bombe buchstabiert.»

Das Telefon schrillte. Astrid, die am nächsten saß, nahm ab. «Tut mir leid, Herr van Appeldorn ist im Moment nicht im Dienst, aber bestimmt kann ich Ihnen auch weiterhelfen. Augenblick ...» Sie schnappte sich Block und Stift und fing an zu schreiben. Als sie die gespannten Blicke der anderen bemerkte, schüttelte sie leise den Kopf.

«Hab ich wat verpasst?» Ackermann brachte Regenluft mit herein.

«Nur dass eine Spur nach der nächsten den Bach runtergeht.» Bernie stand auf, um ihm die Plastiktüten abzunehmen und das Essen zu verteilen.

«Ma' abwarten», zwinkerte Ackermann geheimnisvoll und drückte jedem ein Plastikbesteck in die Hand. «Jetz' lasst et euch ers' ma' schmecken.»

Astrid hatte aufgelegt und stopfte sich gierig eine Gabel voll Fleisch in den Mund. «Entschuldigung, aber mir fällt gerade auf, dass ich seit heute Morgen nichts mehr gegessen habe. Ich habe wirklich Hunger.»

Den anderen schien es genauso zu gehen, nur Toppe

atmete zwar genüsslich den warmen Knoblauchduft ein, pickte aber nur ein Pommesstäbchen auf.

«Da eben am Telefon war eine nette Omi, die Norbert sprechen wollte», erklärte Astrid. «Sie hat in der Nähe der Tribüne gestanden und liegt jetzt mit einem Armbruch im Klever Krankenhaus. Norbert hat sie am Montag vernommen, eine Frau Kauter.»

«Moment, haben wir gleich.» Cox holte eine Schachtel Feuchttücher aus dem Schreibtisch und wischte sich sorgfältig die Hände ab, bevor er zum Aktenschrank ging und mit dem Finger über die Rücken fuhr. «Ostermontag ..., Vernehmungen ..., van Appeldorn ... Hier habe ich's: Dorothea Kauter, Heldstraße. Es ging um einen Klingelton.»

«Genau.» Astrid kaute noch, deshalb fuhr Cox fort: «Frau Kauter hat nur Sekunden vor der Detonation an der Tribüne ein Handy klingeln hören, und der Klingelton sei ein Volkslied gewesen, gab sie an, allerdings kein deutsches. Leider konnte sie sich an den Titel des Liedes nicht erinnern.»

«Richtig», bestätigte Astrid wieder. «Und sie sagt, sie hat versprochen, sich bei Norbert zu melden, wenn er ihr wieder einfällt. Jetzt hat sie das Lied ihrer Enkelin vorgesummt, und die wusste sofort, um was es sich handelte, nämlich ‹Auld Lang Syne›.»

«Schönes Lied.» Ackermann hatte seinen Teller ratzekahl leergeputzt. «Wat is' denn mit dir los, Peter? Kannst du jetzt auch schon keinen Schafskäse mehr ab? Du hast den ja all an die Seite getan.»

Cox schob ihm seinen Teller hinüber. «Bedien dich.»

Ackermann ließ sich nicht zweimal bitten. Zufrieden leckte er sich danach die Finger ab. «We take a cup of kindness yet», sang er. «Echt schön, richtig wat für 't Herz. Aber wat hilft uns dat jetz'?»

«So wie ich das sehe, erst einmal nichts», sagte Cox. «Aber ich habe da noch ...»

«Sekunde, Peter», kiekste Ackermann. «Jemand außer Bernie und mir noch 'n Pils?»

Dann verstummte er unvermittelt und stieß geräuschvoll die Luft aus. «Es tut mir leid», sagte er ernst. «Ich bin total überdreht. Ihr wisst ja, wie ich dann immer werde. Ich reiß mich jetzt zusammen, versprochen.»

«Das geht schon in Ordnung, Jupp.» Cox rieb sich mit den Fingerknöcheln über die Lippen. «Was ich eigentlich erzählen wollte: Ich habe mit einem Psychiater gesprochen, Jean Nagel, ich glaube, ihr kennt ihn. Und ich habe ihn nach so etwas wie einem Täterprofil gefragt.»

Es fiel ihm nicht leicht, Nagels Analyse zusammenzufassen.

Als er geendet hatte, blieb es erst einmal still.

«Verstümmelungen», sagte Schnittges schließlich.

«Nur eine Vermutung», wandte Cox ein.

«Trotzdem», erwiderte Ackermann. «Könnt' nich' schaden, auf den Fotos nach Typen mit Piercings un' so zu gucken.» Er stutzte. «Geht et dir nich' gut, Helmut? Du hast ja fast nix gegessen.»

Toppe hatte die Finger in den Pulloverkragen geschoben und atmete langsam ein und aus.

«Geht schon», raspelte er.

Aber Astrid hatte sich schon neben ihn gehockt und ihn in die Arme genommen. «Ist dir schwindelig?»

«Nein, nur ein leichtes Blubbern, wirklich nicht dramatisch ...»

«Wir fahren sofort ins Krankenhaus!»

«Blödsinn!»

Cox wurde weiß wie die Wand. «Blubbern? Hast du etwa Herzrhythmusstörungen?»

«Nicht der Rede wert.»

«Verdammter Mist!» Cox räusperte sich. «So leid es mir tut, Helmut, aber ich suspendiere dich mit sofortiger Wirkung vom Dienst.»

Toppe ließ den Pulloverkragen fahren. «Wie bitte?»

«Du hast schon richtig gehört», beharrte Cox. «Du bist augenblicklich vom Dienst suspendiert!»

Bernie Schnittges fand als Erster seine Sprache wieder. «Hat dir jemand ins Gehirn geschissen?»

Cox bekam langsam wieder Farbe. «Keineswegs, Bernie. Die Opferbeauftragten haben mich zum Supervisor ernannt. Ich soll ein Auge auf euch alle haben und darauf achten, ob bei einem Traumafolgen auftreten. Und wenn mir bestimmte Symptome auffallen, und dazu gehören auch Herzrhythmusstörungen, soll ich den Betroffenen unverzüglich aus dem aktuellen Geschehen entfernen.»

«Du bist 'n Spitzel?» Ackermann schob seine Brille hoch und betrachtete Cox interessiert. «Da muss man erst ma' drauf kommen. Hast du mich etwa auch schon auf dem Kieker? Ich mein, weil ich so überdreht bin.» Er schüttelte den Kopf. «Wat soll dat werden? Willst du uns einen nach dem anderen abschießen, bis keiner mehr übrig is'?»

Toppe befreite sich aus Astrids Umarmung. «Jetzt geht

es schon wieder. Es sind immer nur kurze Momente.» Sein Gesicht war wieder rosig. «Trotzdem, danke für deinen Einsatz, Peter. Ich muss zugeben, dass eine Suspendierung im Augenblick durchaus ihren Reiz hätte, aber ich glaube, du übertreibst etwas.»

«Nein», herrschte Cox ihn an. «So leicht kommst du mir nicht davon. Du gehst auf jeden Fall zu Nagel in die Traumaambulanz.»

«Mache ich, versprochen.»

«Ich auch?» Ackermann kicherte. «Supervisor, Mann, Mann, Mann, wat haben sie dir armen Schloof da bloß auf 't Auge gedrückt. Jetz' beruhig dich mal wieder, wir passen schon alle auf uns auf, haben wir doch immer getan. Aber wat ganz anderes jetz': Ich bin da auf 'ne interessante Sache gestoßen. Hat wat mit dem Schwiegersohn vom Lohmeier zu tun. Vielleicht kann Bernie sich da ma' mit befassen. Also, hört ma' zu.»

Cox' Handy summte. Er schaute aufs Display und stand schnell auf. «Ist privat», nuschelte er. «Ich geh mal ganz kurz vor die Tür, bin sofort wieder da.»

Zwölf Als Toppe aufwachte, wurde es gerade hell.

Er drehte sich leise auf den Rücken, verschränkte die Arme hinter dem Kopf und horchte in sich hinein. Er war ganz ruhig. Vorsichtig schob er sich aus dem Bett, aber Astrid fuhr sofort hoch. «Was ist?»

«Nichts.» Er strich ihr das Haar aus dem Gesicht und küsste sie sanft. «Ich gehe ein bisschen an die frische Luft. Schlaf weiter, es ist noch früh.»

Er duschte und schlüpfte in seine alte, weiche Trainingshose und einen warmen Pullover. Dann steckte er sein Handy in die Hosentasche und trat vor die Tür. Es war endlich wärmer geworden. Dicker Tau lag auf den Wiesen und glitzerte in den ersten Sonnenstrahlen. In der alten Linde neben dem Haus huschten ein paar Vögel auf, als er vorüberkam – sonst war alles still. Er wanderte den Feldweg hinunter. Die Nebelschleier über dem Kolk hoben sich gerade, drei Enten glitten, noch verschlafen und träge, ins Wasser. Er stieg den Deich hinauf, öffnete das Gatter und schloss es sorgfältig wieder hinter sich. Die Rinder waren zwar noch nicht auf den Weiden, aber es wäre ihm nicht in den Sinn gekommen, das Tor offen zu lassen. Auf dem Gehöft, das sich auf der anderen Seite an den Deich schmiegte, ging es schon geschäftig zu. Im Kuhstall brannte Licht – Melkzeit. Der nussige Duft von frisch gemolkener, noch körperwarmer Milch stieg ihm in die Nase. Der Bauer stand in der Stalltür und rauchte, beobachtete ihn, wie er näher kam, und achtete nicht auf die kleine getigerte Katze, die ihm unablässig um die Beine strich.

Als er Toppe erkannte, lüpfte er seine Kappe. «Sie sind heute aber früh unterwegs.»

«Ist ja auch ein herrlicher Morgen.»

«Jou, das Wetter ist endlich umgeschlagen. Wie heißt es doch so schön? ‹Nasser April – blumiger Mai›. Wird ein gutes Frühjahr.»

Toppe lachte. «Ihr Wort in Gottes Ohr, ich hätte nichts dagegen.» Er tippte sich an die Stirn. «Ich muss dann mal wieder.»

«Jou, ich auch.» Der Bauer schnippte seinen Zigarillo in Richtung Misthaufen und bückte sich nach der Katze. «Na, dann komm, du Quälgeist. Jetzt kriegst du deine Portion.»

Als Toppe heimkam, hatte Astrid schon den Frühstückstisch gedeckt und brühte gerade Kräutertee auf.

Er zog den Pullover aus. «Warum bist du nicht noch ein bisschen liegen geblieben?»

«Ich hatte einfach keine Ruhe mehr. Außerdem hat Katharina angerufen.»

«So früh?»

Sie legte den Deckel auf die Teekanne und stellte den Küchenwecker. «Sie haben wohl heute zum ersten Mal anständiges Segelwetter und wollten so früh wie möglich raus aufs Wasser.»

Er zog sie an sich. «Hat sie Heimweh?»

«Nicht die Bohne.» Sie strich ihm übers Gesicht. «Du siehst ein bisschen besser aus.»

«Kein Wunder», schmunzelte er. «Ich habe geschlafen wie ein Stein.»

«Verrückt. Ich hatte gedacht, du würdest die ganze Nacht herumhexen und dir alle möglichen Schreckensszenarien ausmalen.»

«Nein, komischerweise überhaupt nicht», antwortete er und warf einen Blick auf den Frühstückstisch. «Aber ich glaube, essen kann ich nichts.»

«Ach komm.» Astrid setzte sich. «Wenigstens eine Tasse Tee und eine Scheibe Toast.»

Der Wecker klingelte, und Toppe nahm die Teebeutel aus der Kanne, goss zwei Becher voll, stellte sie auf den Tisch und setzte sich Astrid gegenüber. Sie hatte eine Scheibe warmen Toast mit Butter bestrichen und legte sie ihm auf den Teller. «Ziehst du den schwarzen Anzug an?»

«Nein, ich bin ja nicht als Trauergast auf dem Begräbnis. Und wenn irgendwas passieren sollte ...»

Er fasste sich an die Seite.

«Du nimmst deine Waffe mit?»

«Ja, ja, natürlich.»

Als er gegen neun Uhr am Friedhof ankam, waren schon alle auf ihrem Posten, es herrschte konzentrierte Ruhe. Die Kollegen sprachen nur das Nötigste.

Ackermann wartete an der Schleuse. Er trug Jeans, bequeme Stiefel mit Profilsohlen und eine Steppjacke, die sich an der Seite leicht ausbeulte – auch er war bewaffnet.

«Ich hatte einfach keine Ruhe mehr», empfing er Toppe. «Hab gesehen, du has' oben anner Tennishalle hinter der Friedhofsmauer 'ne zweite Reihe postiert – guter Plan. Is' mir die Nacht durch den Kopp gegangen: Wenn dieser Bekloppte einigermaßen schießen kann ... Also ich glaub, wenn ich der wär, ich würd et diesmal mit 'ner Knarre probieren. Sollen wir noch 'ne Runde drehen?»

Die ersten Trauergäste trafen um zehn Uhr ein. Wie man an den Autokennzeichen erkennen konnte, waren es alles Leute, die von weiter her kamen – Düsseldorf, Memmingen, Salzburg, Graz. Sie blieben auf dem Parkplatz, gaben sich die Hände, redeten leise miteinander, wischten sich verstohlen die Augen. Wenn sie sich über die Polizeipräsenz wunderten, ließen sie es sich nicht anmerken.

«Wär' et nich' besser, ich würd mich da ma' unter 't Volk mischen un' denen erzählen, wat Sache is'?», fragte Ackermann.

«Um Gottes willen!», meinte Toppe. «Mach mir nur nicht die Pferde scheu.»

«Ich mein doch bloß so allgemeines Blabla, von wegen erhöhte Sicherheitsmaßnahmen wegen all der Prominenz, die kommen soll.»

«Na gut», entschied Toppe. «Es wäre nicht schlecht, wenn sie schon durch die Schleuse gingen, damit es nachher nicht so ein Gedränge gibt.»

«Dat werd ich denen schon beibiegen. Da kommt übrigens dein Weib.»

Astrid hatte zwar einen eleganten schwarzen Mantel übergezogen, aber auch sie trug feste Schuhe, in denen sie, wenn es nötig sein sollte, schnell und sicher laufen konnte.

Um halb elf kamen Panniers Kinder, Tonis Bruder und die Schwägerin. Astrid brachte sie schnell durch die Schleuse in die Kapelle. Der Blick der beiden Jungen war nach innen gerichtet, sie nahmen nichts und niemanden wahr.

Inzwischen war der Parkplatz voll, Neuankömmlinge fuhren wieder weg und suchten in den umliegenden Straßen nach einem Platz für ihr Auto. Mindestens zweihundertfünfzig Leute waren inzwischen gekommen, schätzte Toppe.

Als der Bürgermeister um zehn vor elf in seiner Limousine mit Chauffeur vorfuhr, hatte sich vor der Schleuse eine dicke Menschentraube gebildet.

«Sie warten am besten hier im Wagen, bis alle drin sind», sagte Toppe.

Das Schwein war im Rathaus verschwunden. Würde jetzt ein, zwei Stunden in seinem Büro hängen, bevor es sich auf die Pirsch machte und den kleinen Jungs an den Arsch packte.

Er kurbelte das Fenster runter, legte die Beine aufs Armaturenbrett und zündete sich eine Zigarette an.

Netter, kleiner Wagen, schön unscheinbar. Würde auch auf dem Waldparkplatz nicht auffallen.

Der Wald – er war jetzt fast sicher.

Das Schwein hatte offenbar eine Uhr verschluckt: jeden zweiten Tag laufen, immer dieselbe Runde.

Mit einem Gewehr hätte er ihn längst abknallen können.

Aber das war nicht mehr genug, jetzt nicht mehr.

Das Schwein sollte ihm in die Augen sehen, wenn es starb, sollte Bescheid wissen.

Schweine wollten geschlachtet werden.

Ihm den angespitzten Ast in den Arsch rammen.

Wenn es nötig war, wenn er es wollte, konnte er lautlos töten. Er hatte gelernt, wie man mit den bloßen Händen ein Genick brach.

Aber er wollte winselndes Grunzen hören, wollte Blut riechen und warmes Gedärm, wollte dem Schwein in die Augen blicken, wenn sie brachen.

Scheiße! Er nahm die Beine herunter und flippte die Zigarette aus dem Fenster.

Das Schwein war schon wieder draußen und ging zu seinem Auto. Hatte einen komischen Blumenstrauß dabei. Fuhr los. Er konnte direkt hinter ihm bleiben – noch kannte es den Wagen nicht.

Friedhof? Das Schwein fuhr auf den Parkplatz neben der Kapelle.

Er ließ den Wagen ein paar Meter weiterrollen, hielt am Straßenrand und schaute sich um.

Ein Begräbnis. Viel Volk unterwegs – und verdammt viele Bullen.

Gegenüber ein Spielplatz, menschenleer, eine Reihe hoher Tannen, nicht zu weit weg.

Er steckte das Fernglas in den Hosenbund, knöpfte seine Jacke zu und stieg aus.

Trauermenschen gingen vorbei. Er war unsichtbar.

Die unteren Äste der Tannen waren hoch, aber er bekam sie mit einem einzigen Sprung zu fassen.

Er war immer im Training geblieben. Nicht ein bisschen außer Atem, als er oben seine Position erreicht hatte und das Fernglas ansetzte.

Verdammt guter Blick.

Nur fünf Sekunden, und er hatte das Schwein im Visier.

Grinste nicht, klotzte Trauer raus. Händeschütteln.

Er rutschte ein Stück nach links.

Harzgeruch stieg ihm in die Nase, und er spürte, wie ihm auf dem Rücken der Schweiß ausbrach.

Die Narben an seinen Armen juckten wie die Pest.

Bernie Schnittges war nicht auf dem Friedhof.

Er hatte sich noch gestern Abend mit der Akte «Dominik Raats» beschäftigt, die Ackermann gleich mitgebracht hatte. Walter Lohmeier hatte tatsächlich höchstpersönlich dafür gesorgt, dass gegen seinen Schwiegersohn ermittelt wurde, und es wäre kein Wunder, wenn Raats mehr als nur Groll für den Richter empfand. Trotz der späten Stunde war Schnittges noch zu Lohmeiers Haus gefahren, um mit der Tochter zu sprechen. Annika Lohmeier-Raats war achtundzwanzig, wirkte aber durch ihr Mädchengetue und das helle Stimmchen wie fünfzehn und war so gar nicht Bernies Fall.

«Ich war damals, als Mutti starb, völlig durcheinander, und Vati hat so geklammert. Das habe ich einfach nicht mehr ausgehalten. Und Nick hat mir jeden Wunsch von den Augen abgelesen, war immer für mich da. Und Geld hatte er mehr als genug, aber Vati hat später ja herausgefunden, warum das so war. Nick ist für mich gestorben, mit dem will ich nichts mehr zu tun haben. Und an Fiona kommt er auch nicht heran, ich habe das Sorgerecht, dafür hat Vati schon gesorgt.»

Raats war seit acht Monaten wieder auf freiem Fuß und hatte vom ersten Tag an versucht, Frau und Tochter wieder zu sich zu holen.

«Vati hat jetzt eine Verfügung erwirkt, dass er uns nicht mehr nahe kommen darf.»

Was ihr Exmann heute trieb und wo er wohnte, wusste sie nicht. «Unser altes Haus musste verkauft werden, aber er hat gesagt, er hätte schon wieder ein neues.»

Auch hatte sie nichts davon gehört, dass der Richter vermutete, Raats sei nach wie vor in kriminelle Machenschaften verstrickt. Sie hatte sich in ihre Sofaecke gedrückt, die Beine unter den Körper gezogen und ausgesehen, als würde sie sich am liebsten die Ohren zuhalten.

«Nicks Name darf hier im Haus nicht mehr genannt werden. Das lässt Vati nicht zu.»

«Hat Raats Ihren Vater einmal bedroht?»

«Ich glaube nicht, aber wieso ...?»

Dann war der Groschen gefallen. Die nachfolgende Tränenflut hatte Schnittges in die Flucht getrieben. Er war noch einmal zum Präsidium gefahren, hatte im Melderegister Raats' neue Adresse herausgesucht, sie auf dem Stadtplan gefunden – gehobene Wohnlage, gar nicht weit von Lohmeiers entfernt – und war, bevor er sich auf den Weg nach Krefeld machte, an dem Anwesen vorbeigefahren. Eine große, gepflegte Villa aus dem neunzehnten Jahrhundert mit einer Garage, die Platz für vier Autos bot. Die Zufahrt wurde durch kleine Kugellampen beleuchtet, das Haus selbst war dunkel.

«Donnerwetter», entfuhr es Bernie, «nicht schlecht für einen Knacki.» Dann machte er sich auf den Heimweg.

Er gönnte sich acht Stunden Schlaf und ein ausgiebiges Frühstück und beschloss, direkt nach Holland zu fahren. Als auf dem Klever Friedhof die Trauerfeier für

Ruth und Anton Pannier begann, betrat er gerade die Intensivstation des Arnheimer Krankenhauses.

Der Pfarrer sprach ein Gebet, wurde aber immer wieder durch das Knarzen der Funkgeräte gestört. Toppe gab dem Einsatzleiter ein Zeichen, und das irritierende Geräusch verstummte.

Ackermann runzelte die Stirn, aber Toppe zuckte die Achseln und signalisierte: nur fünf Minuten.

Für die Ansprache des Bürgermeisters versammelten sich alle draußen, in der Kapelle war nicht genug Platz für die vielen Trauernden.

Bewegende Worte, Schluchzen.

Toppe spürte ein Kribbeln im Nacken und begegnete Ackermanns alarmiertem Blick.

Unauffällig bewegten sie sich weg von der Menge.

«Irgendwas stimmt nicht», sagte Ackermann.

Toppe nickte. Es war ruhig, zu ruhig.

Da stockte der Bürgermeister in seiner Rede und kniff die Augen zusammen. Ein Lichtstrahl traf seine Brillengläser und blendete ihn. Ackermann fuhr herum, Toppe sprang nach vorn – aber das Aufblitzen war schon wieder verschwunden.

In der Kapelle setzte die Orgel ein.

Der Alte hatte ihn dann in dieses Internat gesteckt, hatte ihn endlich vom Arsch gehabt, konnte umziehen, sooft er wollte, konnte ganz nach oben durchstarten, musste keinen Hund mehr wegmachen lassen.

Sah ihn nicht mehr, auch Weihnachten nicht, wenn «das Institut» jeden nach «Hause» schickte.

Einmal im Jahr musste es nicht britisch zugehen, dann durfte die Alte ihre deutschen Platten laufenlassen – «Stille, stille, still, wenn's Kindlein schlafen will».

Wenn sie wie eine Irre Kerzen aufstellte und Tannenzweige in jeden Winkel tackerte.

Und die ganze Zeit die Schnauze halten und auf ihre Füße starren. Immer auf ihre Füße und manchmal weit weg, irgendwohin.

Und Zimtsterne auf dem Kopfkissen und Marzipanbrote.

Keine Ahnung, wie viele Weihnachten.

Er hatte einfach nicht mehr mitgespielt.

Thorsten war tot, wozu noch mitspielen?

Hatte dem Mathekomiker eins auf die Fresse gegeben.

Hatte dem Direx und der ganzen Paukerbande nicht eine Silbe gesagt.

Die konnten ihm nichts.

Keiner konnte ihm was.

«Du wirst das Institut verlassen. Was mir übrigens sehr leidtut, denn du hast durchaus Potential.» Die fettige Stimme. «Aber dein Vater hat eine hervorragende Schule in England für dich gefunden. Ich kann für dich nur hoffen, dass du zur Vernunft kommst und den Ansprüchen dieser Schule und deines Vaters gerecht wirst.»

Die labberige Hand auf seiner Schulter, der Geruch von Weihrauch.

«Du bekommst noch eine Chance, Junge. Nutze sie! Ich werde für dich beten. Wie gesagt, eine hervorragende Schule. Sei dankbar, dass man dich dort angenommen hat.»

Das Schwein grinst. «Na, Coolman, alles gründlich vergeigt? Und dabei ganz aus Versehen sogar den willigen

Knaben verloren. Eine echte Verlierernummer, würde ich sagen.»

In einem grauen Umschlag hatte der Alte ihm das Flugticket geschickt, einen Zettel mit der Adresse der «Boarding School», einen Zug- und einen Busfahrplan – sonst nichts.

Mutter hatte ein Brieflein dazugelegt, hellblau, liniert: «Lass es Dir schmecken, mein Liebling.»

Erdnussriegel im Fünferpack, eine Schachtel Minzplätzchen und ein Polaroidfoto von Mama, Papa und Bobo in irgendeinem Garten hinter irgendeinem Haus.

Zweieinhalb Jahre «hervorragendes» Internat in den Cotswolds, «Heart of England».

Sie hatten ihm nichts mehr gekonnt, das Kopf-in-die-Kloschüssel-und-abspülen-Spiel und all die anderen Klassiker.

Für all das war er schon zu alt gewesen, zu fit und zu ausgekocht.

Von ihm hatten sie sich etwas abgucken können.

Er konnte präzise Tritte setzen, er wusste, wie man Eier umdrehte.

Er lernte, wie man Finger brach.

Ein verirrter Sonnenstrahl blendete ihn.

Er nahm das Glas herunter und rieb sich die Augen.

Zeit, abzuhauen, bevor sich die Trauerrunde auflöste und womöglich die Bullen ausschwärmten.

Zeit, sich seinen Alten wieder aus dem Kopf zu schlagen, der sich irgendwo im Dienste Ihrer Majestät die Eier leckte und die Alte vögelte, wenn er denn noch einen hochkriegte.

Zeit, Vorbereitungen zu treffen.

Die richtige Stelle im Wald finden, den richtigen Ast. Ihn anspitzen. Ihn deponieren.

Ein Griff nur, und er musste ihn haben, sicher in der Hand, Verlängerung seines Arms.

Das Schwein sollte seine Hose selber runterziehen.

Er wollte nur dastehen und schauen, wollte sehen.

Langsam musste es ablaufen, sehr langsam.

Das Schwein sollte sich dabei bepissen und bescheißen.

Es musste an ihm runterlaufen.

Brauchte er doch noch eine Knarre, oder würde das Messer reichen?

Das Schwein war schwach.

Das Messer würde reichen.

Er allein würde reichen.

Der Mann war mehr tot als lebendig.

Bernie Schnittges hatte der Ärztin gegenüber all seinen Charme spielen lassen, um an Lohmeiers Bett gelassen zu werden, und konnte jetzt nur noch schlucken.

«Herr Lohmeier?»

Die bandagierte Gestalt zuckte kurz mit der linken Hand und stöhnte.

«Tut mir leid», flüsterte Bernie und schlich hinaus. Die Ärztin nickte ihm kurz zu und ließ ihn stehen. Frustriert machte sich Schnittges auf den Weg zu seinem Auto. Jetzt hatte er keine andere Wahl. Wenn er herausfinden wollte, ob dieser Raats tatsächlich Dreck am Stecken hatte, blieb ihm nichts anderes übrig, als den Mann zu observieren. Eine leichte Übung – wenn man zu zweit oder zu dritt war.

«Ich fühl mich, als hätt' ich 'n Marathon hinter mir», sagte Ackermann, als sie am Präsidium ankamen.

«Geht mir genauso», sagte Astrid.

Toppe schwieg. Keine Bombe, kein Scharfschütze – die Beerdigung war ohne einen einzigen Zwischenfall verlaufen, aber die Anspannung war noch nicht von ihm abgefallen.

Im großen Besprechungsraum ging es zu wie in einem Bienenstock. Noch mehr Stellwände waren hinzugekommen, und jede einzelne war über und über mit nummerierten Fotografien bedeckt. Mehrere Kollegen gingen herum und vervollständigten Listen.

Sie entdeckten Peter Cox, der sie heranwinkte. «Alles gutgegangen, habe ich gehört», begrüßte er sie und legte Ackermann die Hand auf die Schulter. «Ich habe eigentlich nicht daran geglaubt, aber deine Fotoaktion scheint zu klappen. Inzwischen sind auch die Krefelder in der Stadt mit Abzügen unterwegs, und die Liste der Zuschauer wird immer vollständiger.»

«Sag ich doch», schnurrte Ackermann und rieb sich die Hände. «Dann stürz ich mich auch ma' wieder in 't Getümmel un' verschaff mir 'n Überblick. Wat is' dat denn da?», fragte er aufgeregt und zeigte auf eine Tafel mit Aufnahmen, auf denen einzelne Gesichter schwarz umkreist waren.

«Nur so eine Idee von mir», antwortete Cox. «Auf diesen Fotos sind Zuschauergruppen, bei denen die Leute sich alle untereinander kennen, nur eine oder zwei, manchmal auch drei Personen konnten von keinem der Leute identifiziert werden.»

Toppe warf einen kurzen Blick darauf und straffte die

Schultern. «Wahrscheinlich kommt nichts dabei heraus, aber ich muss mir trotzdem die Videos der Überwachungskameras am Friedhof anschauen.»

«Ich komme mit.» Astrid hakte sich bei ihm ein.

Sie hatten gerade das zweite Band eingelegt, als das Telefon sie wieder einmal störte. Toppe schlug die Augen gen Himmel. «Ja, Peter, was gibt's?»

«Kommt mal runter. Jupp hat was entdeckt.»

Ackermann saß am Tisch und hatte eine Reihe Fotos vor sich ausgebreitet. Seine Haare standen ihm in alle Richtungen vom Kopf ab.

«Ich begreif selbs' nich', dat ich dat die ganze Zeit übersehen hab», sagte er zerknirscht, aber seine Augen blitzten.

Astrid und Toppe beugten sich über seine Schulter, und er tippte mit dem Finger auf das erste Foto. «Dat Bild hier kennst du doch, Helmut. Dat hast du mir gezeigt, als du wissen wolltes', wer die Leute auffer Tribüne sind. Un' weißt du noch? Ich hab mich da schon gewundert, wat der Kolbe, diese Pfeife vom Sportausschuss, da oben verloren hatte. Jetz' passt ma' auf. Nehmen wir ma' an, die Zeiten von den Digitalkameras stimmen so einigermaßen. Dann is' dat Foto um 14.55 Uhr geknipst worden, dat heißt, bloß 'n paar Sekunden bevor die Bombe hochging, allerhöchstens eine Minute.» Er schaute hoch, Toppe nickte. «Un' jetz' guckt euch dat andere Bild hier ma' an: dieselben Leute, aber kein Kolbe! Für den steht da ein anderer, der Kerl hier mit dem Schnäuzer. Un' die Uhrzeit: 14.54 Uhr! Peter un' ich haben dann noch mehr Fotos vonne Ehrengäste gefunden. Hier, guckt selber: 14.36 Uhr, 14.40 Uhr, 14.48 Uhr – aber überall ist dieser Typ drauf.»

Astrid nahm die Fotos in die Hand. Irgendwo hatte sie den Mann schon einmal gesehen, aber sie konnte sich nicht erinnern, wann und wo das gewesen war. Am Sonntag war er ihr jedenfalls nicht aufgefallen.

«Mir ist schon klar, worauf du hinauswillst», sagte sie. «Dieser Mensch hier könnte das eigentliche Ziel des Anschlags sein. Nur, wenn der Attentäter vor Ort war, dann muss er doch gesehen haben, dass der Mann nicht mehr auf dem Podest stand.»

«Nicht unbedingt», wandte Cox ein, der bisher nur ruhig dagestanden hatte. «Vielleicht war er zu weit weg, oder irgendwas hat ihn abgelenkt. Der Wechsel ist ja anscheinend innerhalb von nur einer Minute oder weniger erfolgt.»

«Seh ich genauso», nickte Ackermann. «Dat ging hopplahopp. Un' dat würd' auch die Sache mit dem ausgekippten Bier erklären. Wir haben doch gesehen, dat der Sven Jäger angerempelt worden is'. Dat muss passiert sein, wie der Schnäuzer runter vonne Bühne is' un' der Kolbe raufkam.»

«Und wer ist dieser Mann?», fragte Toppe.

«Du kanns' mich erschlagen, aber ich weiß et nich'.» Ackermann mochte es selbst kaum glauben.

«Der Stadtmanager», begann Toppe, aber Ackermann war so aufgeregt, dass er ihm ins Wort fiel: «Richtig! Sven Jäger, der muss eigentlich wissen, wer dat is'. Un' zu dem mach ich mich jetz' sofort auffe Socken.»

Cox schaute auf die Uhr. «Wenn sie dich um diese Zeit noch zu ihm lassen. Der schläft sicher schon.»

«Wat?» Ackermann hatte sich schon seine Jacke geschnappt. «Hör ma', et geht hier um Massenmord, da soll mir ma' einer blöd kommen!» Er legte den Kopf schief. «Et könnt' allerdings nix schaden, wenn du mitkommst, Astrid. Mit den Schwestern werd ich locker fertig. Die stehen auf mich, sogar die mit Haare auffe Zähne. Aber wenn sich 'n Doktor querstellt, käm' et gut, wenn du 'n bissken mit deine schönen Wimpern klimpers'.»

Sven Jäger schlief noch nicht, sondern schaute sich im Fernsehen einen Krimi an. Er war sehr blass und hatte wohl auch Schmerzen, aber seine Augen waren klar.

«Vor ein paar Tagen war ein Kollege von Ihnen hier, aber da war ich noch ganz schön durch den Wind. Jetzt haben sie das Morphium abgesetzt.» Er berührte sachte seinen Bauch. «Ist zwar hier ziemlich unangenehm, aber dafür habe ich wenigstens keine Watte mehr im Kopf.»

Das Bett war so eingestellt, dass er mit zwei Kissen im Rücken fast aufrecht saß. Unter der Decke schlängelten sich zwei Drainageschläuche heraus, von denen einer in einem Beutel endete, der andere in einer Flasche, in der es gurgelte und schlürfte.

Jäger hatte Astrids Blick bemerkt. «Meine Lunge hat etwas abgekriegt, deshalb kann ich auch noch nicht liegen. Aber es wird langsam besser.»

«Donnerlittchen!» Ackermann staunte. «Bei 'ner Pfählung, ich hab immer gedacht, da wär' man halbtot.»

Jäger lächelte schief. «So hab ich mich in den ersten Tagen auch gefühlt. Holen Sie sich doch die beiden

Stühle da heran. Obwohl ich Ihnen wahrscheinlich nicht viel helfen kann. Ich habe nämlich einen Filmriss, mir fehlt ein ganzes Stück. Das Letzte, woran ich mich erinnere, ist, dass der stellvertretende Bürgermeister ans Mikro gegangen ist.»

«Dat macht gar nix», sagte Ackermann. «Wir haben 'n paar Fotos mitgebracht.» Er breitete sie auf der Bettdecke aus. «Un' wir wollen eigentlich bloß wissen, wer der Mann hier is'.»

«Das ist Alexander Jamin», antwortete Jäger und leckte sich die Lippen. «Sekunde ...»

Astrid reichte ihm das Glas mit Fruchtsaft, das auf seinem Nachttisch stand.

«Danke, von den ganzen Medikamenten kriege ich immer so einen trockenen Mund.»

Gierig trank er das Glas leer. Astrid nahm es ihm wieder ab und schaute ihn fragend an.

«Das reicht erst mal, danke schön.»

«Hatte Herr Jamin eine Einladung als Ehrengast?», fragte sie.

«Ja natürlich, er hat ja das Militia-Lager unten am Fluss organisiert. Er war schon von Anfang an an den Vorbereitungen beteiligt, schon seit im letzten Jahr die Abordnung der Militia in der Stadt war, um den Event einzutüten.»

«Un' wat macht der Mensch im normalen Leben?», wollte Ackermann wissen.

«Jamin? Der ist Sozialpädagoge, arbeitet als Streetworker, hauptsächlich in der Südstadt.»

«Kennen Sie ihn näher?»

«Eigentlich nicht, obwohl wir zusammen im Internat

waren.» Ein Schatten huschte ihm übers Gesicht. «Aber auch damals hatte ich nicht viel mit ihm zu tun.»

«Sie mögen ihn nicht», stellte Astrid fest.

«Ach was, der ist mir egal.» Jäger zuckte die Achseln. «Aber zu Schulzeiten konnte ich ihn nicht besonders leiden. Der war ein Schleimer, hat immer freiwillig Aufsicht geführt, wenn die Jungen aus den unteren Klassen wegen eines dummen Streiches zu Strafarbeiten im Park verdonnert worden waren. Und wenn er nicht gerade dem Direktor die Stiefel geleckt hat, hat er im alten Gärtnerschuppen gehockt, der war so etwas wie seine private Bude.»

«Wohnt Jamin in Kleve?»

«Ja, am Treppkesweg, glaube ich.» Er schluckte trocken.

«Saft ist keiner mehr da», sagte Astrid. «Soll ich Ihnen Wasser holen?»

«Ja, bitte.»

Ackermann schnappte Astrid das Glas aus der Hand und lief zum Waschbecken. «Ich spül dat ebkes aus. Is' ja eklig mit dem Rest vom Saft.»

Jäger schmunzelte belustigt. «Hat es Jamin auch schlimm erwischt?», fragte er dann.

«Den hat et überhaupt nich' erwischt, der hat sich nämlich rechtzeitig vom Acker gemacht.» Ackermann hielt ihm das Glas hin. «Hier, frisches Kranenburger, schön kalt.»

«Als du das eben so gesagt hast mit dem Vom-Acker-Machen –», sagte Astrid, als sie durch das Foyer nach draußen gingen.

«Ich weiß, ich weiß», unterbrach Ackermann sie. «Wie ich dat gesagt hab, is' et mir ja selbs' wie 'n Blitz in 't Gedärm gefahren. Wat, wenn Jamin sich vom Acker gemacht hat, weil er wusste, dat die Bombe hochgehen würd'? Wat, wenn er sich vom Acker gemacht hat, weil er selber die Bombe hochgehen lassen wollte?» Er schüttelte sich. «Is' bestimmt alles Humbug, aber egal. Den Vogel gucken wir uns ma' ganz schnell an, morgen früh als Erstes. Bist du dabei?»

«Was denkst du denn?»

Dreizehn

«Steendijk, Kripo Kleve.»

Sie hatten Jamin ganz offensichtlich aus dem Bett geklingelt.

«Morgen», antwortete er verwirrt.

Zerzaustes braunes Haar, dunkle Augen, T-Shirt und Boxershorts.

«Sind Sie Alexander Jamin?»

«Ja.»

Ein hübscher Kerl, dachte sie. Wie alt mochte er sein, Anfang dreißig?

Ackermann wedelte mit seinem Ausweis. «Sieht aus, als wär'n wir 'n bissken früh dran, aber et hilft nix, wir müssen mit Ihnen sprechen.»

«Okay.» Er hielt ihnen die Tür auf. «Was dagegen, wenn ich mich eben anziehe?»

«Wat sollen wir denn dagegen haben?», lachte Ackermann. «Machen Se nur.»

Jamin ließ sie stehen und verschwand hinter einer Tür am Ende des Korridors.

Ackermann blickte sich neugierig um. «Zwei Zimmer, KDB», stellte er fest. «Junggeselle und Ikea-Kunde. Komm, setzen wir uns in die Küche.»

Jamin war schnell wieder zurück, er roch nach Zahnpasta. «Möchten Sie einen Kaffee?»

«Nee, danke.»

Er machte sich trotzdem an der Maschine zu schaffen. «Um wen geht es denn?»

«Um Sie», antwortete Astrid.

Jamin hielt mitten in der Bewegung inne. «Um mich?», staunte er. «Ich dachte, Sie wären wegen eines meiner Klienten hier.»

«Nein, es geht um das Bombenattentat am Sonntag.»

«Ach so.» Er schaltete die Kaffeemaschine ein und setzte sich zu ihnen an den Tisch. «Schlimme Geschichte.»

«So kann man et auch ausdrücken», sagte Ackermann. «Waren Sie dabei?»

Jamin rubbelte sich durchs Haar. «Mehr oder weniger.»

«Wat soll dat denn heißen? Sie haben doch auffe Ehrentribüne gestanden, oder?»

«Das schon, aber ich hatte ein kleines Problem.» Jamin schaute leicht betreten drein. «Wohl ein Virus. Jedenfalls hatte ich plötzlich einen ziemlichen Druck auf dem Darm und bin, so schnell ich konnte, von der Bühne runter zu den Dixiklos. Aber ich habe es nicht mehr ganz geschafft, weil auf einmal die Erde gebebt hat. So habe ich das jedenfalls im ersten Moment empfunden.»

«Dünnpfiff! Is' dat zu glauben?», rief Ackermann. «Na ja, nix is' so schlecht, dat et nich' auch sein Gutes hätte. Sie hätten mausetot sein können. Is' Ihnen dat eigentlich klar?»

Die Kaffeemaschine gab ein letztes Glucksen von sich, und Jamin stand auf. «Ich weiß», sagte er, «aber das ist mir anfangs gar nicht so bewusst geworden.» Er goss Kaffee in einen Becher und brachte ihn mit an den

Tisch zurück. «Ich musste mich ja dann sofort wieder um das Lager und die Leute von der Militia kümmern.» Er trank ein paar Schlucke und musterte sie dabei über den Tassenrand. «Ich habe natürlich mitbekommen, dass ihr Matthew eingebuchtet habt, was ich übrigens, mit Verlaub, ziemlich abgedreht fand.»

«Ja, ja, die Wege der Bullen sind oft wundersam», meinte Ackermann freundlich und verfiel in einen Plauderton: «Streetworker sind Sie also. Wat macht man da eigentlich genau?»

Jamin erzählte bereitwillig.

«Interessant», meinte Ackermann. «Leben Sie alleine?»

Jamin stutzte. «Ich brauche meine Freiheit», antwortete er dann.

«Un' Sie waren mit dem Sven Jäger auffem Internat?» Ohne eine Antwort abzuwarten, schloss er gleich die nächste Frage an. «Kennen Sie die Engländer eigentlich gut?»

Jamin war deutlich verwirrt und warf Astrid einen hilfesuchenden Blick zu, aber sie mischte sich nicht ein – irgendwas an diesem Mann war ihr unangenehm.

«Schön, schön», sagte Ackermann schließlich und trommelte kurz mit den Fingern auf der Tischplatte herum. «Können Sie sich vorstellen, dat einer Ihnen an 't Leder wollte?»

«Mir? Mit der Bombe?» Jamin lachte laut auf. «Das ist echt absurd! Ich habe niemandem etwas zuleide getan.»

«Na, dat is' doch fein, wenn man so wat von sich sagen kann. Haben Sie eigentlich 'n Handy?»

«Klar.»

«Die Nummer hätt ich dann gern.»

«Wozu?»

«Reine Routine, um et ma' klassisch zu sagen. Un' wie sieht et mit Computer aus, Zugang in 't Internet?»

«Auch.»

«Den werden wir wohl mitnehmen müssen.»

«Meinen PC? Ich verstehe nicht ...»

Ackermann griff in die Jackentasche. «Tja, ich hätt hier einen Durchsuchungsbeschluss.»

Jamin blieb der Mund offen stehen.

Es klingelte.

«Dat werden die Kollegen vonner Spurensicherung sein.» Ackermann stand auf und lächelte jovial.

«Spurensicherung? Bei mir? Sind Sie verrückt geworden?»

«Jetz' machen Se doch ers' ma' auf!»

Astrid schaute sich das Formular an. «Wie hast du das so schnell hingekriegt?», flüsterte sie.

«Knickrehm. Gestern Abend noch», raunte Ackermann zurück. «Ich hab die Handynummer von dem. Komm, lass uns 'n Abflug machen.»

Im Flur schob er sich schnell an van Gemmern und seinem Kollegen vorbei. «Die volle Palette, Klaus. Inklusive Keller, Abstellräume, Garage. Ihr macht dat schon.»

«Ganz nette Wohnlage», bemerkte er, als sie das Haus verließen, «so nah am Wald.» Dann schaute er Astrid versonnen an. «Is' 'n komisches Piepken, der Kerl, wa? Aber kannst du dir vorstellen, dat der 'ne Bombe legt?»

«Nein, eigentlich nicht.»

«Eben, ich wüsst' auch nich', gegen wen.»

«Trotzdem», sagte Astrid nachdenklich, «der Typ ist nicht ganz koscher.»

«Sag ich doch! Vielleicht sollt' er ja tatsächlich dat Opfer sein, obwohl noch nich' klar is', warum. Aber den gucken wir uns noch ma' 'n bissken genauer an.»

Nick Raats hatte nicht mehr viel Ähnlichkeit mit dem Foto in seiner Prozessakte. Er musste seitdem mindestens zwanzig Kilo zugenommen haben, und um seine Haarpracht war es auch traurig bestellt. Bernie Schnittges saß in seinem Wagen, etwa dreißig Meter von Raats' Villa entfernt, und goss sich aus seiner Thermoskanne heiße Brühe ein. Raats schien immer noch als Makler zu arbeiten, allerdings hatte er kein Büro, sondern erledigte seine Geschäfte von zu Hause aus. Gestern war Schnittges ihm zu einem verlassenen Bauernhof in Keppeln gefolgt, wo Raats sich mit einem Mann getroffen hatte, der ein Auto mit Hamburger Kennzeichen fuhr. Die Überprüfung hatte ergeben, dass es sich um den Kaufmann Jörg Stemmer handelte, gegen den nichts vorlag. Danach war Raats allein unterwegs gewesen und hatte offenbar mehrere Objekte begutachtet, eine freistehende Scheune, eine Fabrikhalle und einen weiteren Bauernhof. Allen Gebäuden war eines gemein: Sie lagen einsam irgendwo in der Landschaft, und Schnittges hatte seine liebe Mühe gehabt, unentdeckt zu bleiben.

«Alles weit ab vom Schuss», dachte Bernie, «da muss etwas dahinterstecken.»

Heute war Samstag, und möglicherweise ließ Raats nun den lieben Gott einen guten Mann sein, aber darauf durfte er sich nicht verlassen.

Ein Wagen fuhr mit hohem Tempo vorbei – Mercedes, dunkelgrau – und verschwand in Raats' Einfahrt. Mist, das war zu schnell gegangen! Aber es konnte ein polnisches Kennzeichen gewesen sein.

Schnittges trank seine Brühe aus und schraubte den Deckel wieder auf die Thermoskanne.

Als Spaziergänger würde er in dieser Gegend zu sehr auffallen, also blieb ihm nichts anderes übrig, als zu warten, bis der Mercedes wieder abfuhr.

Toppe betrachtete die Gesichter, die Cox auf den Fotos markiert hatte.

«Peter, kommst du mal?»

«Sekunde!» Cox schaltete sein Handy aus und steckte es in die Tasche.

«Diese Leute hier, die die Einheimischen nicht erkannt haben», fragte Toppe, «könnten das nicht Engländer sein? Da war doch eine ganze Gruppe vom Twinning Club in der Stadt.»

«Stimmt», antwortete Cox, «und die wollten sich das Spektakel bestimmt nicht entgehen lassen. Gute Idee! Wir mailen die Fotos dem CID in Worcester zu, dann können sich die Kollegen dort unter den Leuten vom Partnerschaftsverein umhören.»

Toppe nickte. «Obwohl die bestimmt nicht begeistert sind. Die werden am Wochenende auch nur eine kleine Besetzung haben.»

Cox lächelte. «Penny hat Wochenenddienst. Sie hat mir gerade eine SMS geschickt.»

Auch Toppe musste schmunzeln. «Dann schreib ihr einen netten Brief dazu und grüß sie schön von mir.»

Die Bullen haben das Schwein im Visier, haben es aus der Koje geholt.

Zeit, abzutauchen.

Das Lager war eingerichtet, Proviant gebunkert, der Ast dick und pfeilspitz.

Er musste nur noch den Wohnungsschlüssel abgeben und sich zu Fuß in den Wald schlagen.

Warten. Er war bereit.

Schnittges rutschte hin und her. Er musste pinkeln, aber hier in dieser feinen Wohngegend konnte er sich nicht einfach in die Büsche schlagen.

Am besten wäre es wohl, er führe kurz zum Präsidium, dann konnte er auch gleich sehen, ob es etwas Neues gab. Da kam der Mercedes aus der Einfahrt, schnurrte an ihm vorbei, Raats auf dem Beifahrersitz.

Mist, jetzt musste er wenden! Er schaltete die Zündung ein und erstarrte. Zwei Männer mit gezückten Pistolen hatten sich vor seiner Motorhaube aufgebaut, ein Blonder, ein Dicker.

Der Blonde winkte: «Aussteigen!»

Mit weichen Knien schob Bernie sich aus dem Wagen.

«Hände aufs Dach!»

Er seufzte laut vor Erleichterung: Kollegen!

«Schnittges», sagte er heiser, «Kripo Krefeld. Mein Ausweis steckt in der linken Jackentasche.»

Sie nahmen ihm trotzdem die Waffe ab. Der Dicke studierte seinen Ausweis.

«Und wer seid ihr, wenn ich fragen darf?», fragte Schnittges, jetzt wieder mit fester Stimme

«Schimmelpfennig, LKA», antwortete der Blonde. «Was, zum Teufel, treibst du hier?»

«Ich observiere Nick Raats, was ihr mir jetzt gerade leider vermasselt habt.»

«Wer hier wem was vermasselt, ist noch die Frage», fauchte der Dicke böse. «Du baust dich hier auf, ungefähr so unauffällig wie ein Feuerwehrauto, und bringst unsere Ermittlungen in Gefahr. Weshalb bist du überhaupt an Raats dran?»

Bernie rauschte das Blut in den Ohren. «Wegen des Bombenattentats, von dem sogar ihr gehört haben dürftet», gab er genauso böse zurück. «Ich gehöre zur Soko.»

«Und was hat Raats damit zu tun?»

«Das versuche ich ja gerade herauszufinden», brüllte Bernie.

«Nun aber mal halblang», ging Schimmelpfennig, der Blonde, dazwischen. «Ich schlage vor, wir fahren zum Präsidium und klären die Sache mit deinem Chef.»

Es stellte sich heraus, dass Raats schon seit seiner Entlassung aus dem Gefängnis von der LKA-Abteilung für organisiertes Verbrechen überwacht wurde.

Raats vermakelte über Strohmänner Gebäude an Organisationen aus dem Ostblock.

«Ich will jetzt gar nicht näher darauf eingehen, was in diesen Gebäuden letztendlich abgeht», erklärte Schimmelpfennig schnöselig. «Nur so viel: Es reicht von Prostitution bis zu Menschenhandel.»

Toppe hatte sich bisher alles wortlos angehört, aber seine Miene versteinerte zunehmend.

«Wir stehen ganz kurz vor dem Zugriff», fuhr der Mann vom LKA locker fort, «und da kann ich es natürlich auf keinen Fall zulassen, dass ihr uns mit eurer Sache dazwischenfunkt. Im Rahmen der Güterabwägung ...»

Toppe war zuerst bleich geworden, dann hochrot.

«Güterabwägung?» Er sprang auf. «Mir ist es verdammt scheißegal, ob irgendeine Klitsche als Puff vermakelt wird!», brüllte er. «Man hat fast meine Frau und mein Kind in die Luft gejagt, vor meinen Augen!»

Mit drei Schritten hatte Cox den Raum durchquert und Toppe beim Arm gefasst.

«Komm mit!»

«Lass mich sofort los!»

Aber Cox griff noch fester zu. «Bestehst du auf einem Ringkampf? Okay, gern. Komm mit raus. Sofort!»

Toppe mahlte mit den Zähnen, aber er nickte und steuerte die Tür an.

Cox folgte ihm schnell, aber er hörte den Dicken noch: «Schnittges, das Attentat war doch am Ostersonntag, oder? Da war Raats in Frankfurt.»

Toppe lehnte sich im Flur gegen die Wand und rieb sich, schon wieder aschfahl, die Brust.

«Wir beide fahren jetzt zusammen in die Traumaambulanz.»

«Ja, in Ordnung», sagte Toppe müde.

Auch Jean Nagel hatte an diesem Wochenende Dienst.

Er untersuchte Toppe kurz. «Ihr Blutdruck ist in Ordnung», bemerkte er. «Haben Sie Atembeschwerden?»

«Nein.»

«Ihr Herz schlägt jetzt auch ganz regelmäßig.»

«Ja, die Attacken sind immer nur ganz kurz», erklärte Toppe. «Und was passiert jetzt?»

Nagel legte ihm die Hand auf die Schulter. «Jetzt bringe ich Sie zu einem unserer Psychologen.»

«Ich dachte, Sie würden selbst ...»

«Nein, Psychotherapie hat in der Psychiatrie nichts verloren. Ich bin Mediziner, ich bin dafür gar nicht ausgebildet.»

Cox wartete im Auto. «Na, wie war's?»

«Ganz gut», antwortete Toppe. Er war furchtbar müde. «Ein Anfang eben.»

Er stierte vor sich hin.

«Was ist denn?», fragte Cox unbehaglich.

«Ich muss mir die Fotos noch einmal anschauen. Als dieses Arschloch vom LKA ... und eben in dem Gespräch mit dem Therapeuten ... da ist mir etwas eingefallen. Komisch, aber das war vollkommen weg ...»

«Was denn?»

«Am Sonntag, als wir drei da standen ...» Er schüttelte den Kopf. «Ich begreife nicht, dass ich das vergessen konnte, nach allem, was wir zusammengetragen haben. Na ja, Astrid und ich hatten Katharina zwischen uns genommen. Sie war ziemlich zappelig, weil sie so aufgeregt war. Da war hinter uns ein Mann. Katharina hat ihn mit ihrem ganzen Gewusel ins Straucheln gebracht, und er wäre fast gestürzt. Er hat geflucht: ‹Fuck!› Und dann ging die Bombe hoch. Er hatte ein Telefon in der Hand ... und er hatte Narben an den Handgelenken ...»

Cox' Handy piepste. Er schaute aufs Display. «Von Penny», sagte er und runzelte die Stirn, dann las er laut vor: ‹Habe geantwortet. Checkt eure E-Mails. Rufe später an.›

«Na, dann los!», sagte Toppe. «Das hört sich vielversprechend an.»

E-Mail von DS Penelope Small:

Foto Nr. 826: Der Mann hinter Astrid und eurem Chef heißt Oliver Harris.

Er ist ein Freund von Chris Kingsley und hat viel mit der Militia zu tun. Arbeitet in einem Militärmuseum in Kidderminster.

Ich habe Harris am Mittwoch zufällig in Kleve getroffen. Er sagte, er sei erst seit Dienstag, dem 18.04., in der Stadt, er habe über Ostern arbeiten müssen.

Wie das Foto beweist, hat er gelogen. Warum?

Habe die Kollegen in Kidderminster um Hilfe gebeten. Sie haben Harris in seiner Wohnung nicht angetroffen, und sein Chef sagt aus, Harris sei seit dem 07.04. ohne Erklärung von der Arbeit ferngeblieben.

Ist er möglicherweise seitdem schon und immer noch in Kleve?

Mehr habe ich in der Kürze der Zeit noch nicht herausfinden können, bleibe aber am Ball.

Zwei Punkte noch: Harris hat irgendwann einmal in der Gegend von Kleve gelebt – er sprach am Mittwoch von Freunden, die er besuchen wollte. Außerdem spricht er sowohl Englisch als auch Deutsch völlig akzentfrei.

Muss los!

P.

Toppe hielt das Foto in der Hand.

«Das ist der Mann», sagte er. «Das ist der, den Katharina fast zu Fall gebracht hat.»

Ihm war übel.

«Peter, ich möchte, dass du nach England fliegst. Ich setze mich mit Pennys Chef in Verbindung und erledige den Papierkram.»

Cox starrte ihn an. «Heute noch?»

Toppe stöhnte. «Es tut mir leid, Peter, es ist kurzfristig, und ich weiß ja, dass du immer alles gründlich vorbereiten möchtest, aber ...»

«Nein, nein», unterbrach ihn Cox schnell, «das macht mir gar nichts aus, überhaupt nichts. Ich meine nur, es ist eine Spur, okay, aber glaubst du wirklich ...?»

«Ja», sagte Toppe. «Halt mich meinetwegen für verrückt, aber ich bin mir ganz sicher.»

Vierzehn Der Flughafen von Birmingham war zwar klein, aber er wurde gerade renoviert, und so folgte Cox eine geraume Zeit lang sich widersprechenden «Exit»-Schildern durch enge Gänge mit Sperrholzwänden. Ihm war seltsam zumute. Einerseits freute er sich wie blöde, dass er Penny wiedersehen würde, andererseits haderte er mit dem Auftrag, der ihn herführte.

Gut, dieser Harris hatte Penny angelogen, aber dafür konnte es hundert harmlose Gründe geben. Und ja, Helmut hatte den Mann mit einem Handy gesehen, nur Sekunden bevor die Bombe hochging, aber auch das konnte Zufall sein. Mit den Jahren hatte Cox sich damit arrangiert, dass Toppe mit seiner Intuition meistens richtig lag, obwohl ihm derartige «Eingebungen» noch immer fremd waren und gegen den Strich gingen. Hinzu kam, dass Helmut im Moment wirklich nicht auf der Höhe war.

Da war ein Ausgang! Er schob die Glastür auf, und ein heftiger Wind schlug ihm entgegen. Es war schon fast dunkel. Am anderen Ende des Gebäudes entdeckte er die Neonreklame einer Mietwagenfirma und machte sich auf den Weg.

«Du nimmst die M 42 nach Westen», hatte Penny erklärt. «Dann kommst du auf die M 5. An Junction 7 fährst du dann raus Richtung Worcester Zentrum.»

Er mietete einen kleinen Peugeot, die billigste Preiskategorie, und bezahlte mit seiner eigenen Kreditkarte. Im Handschuhfach fand er eine Karte und schaute sich die Strecke an.

«Vom Flughafen sind es nur 27 Meilen bis Worcester», hatte sie gesagt. «Du müsstest also so gegen acht da sein. Am besten, wir treffen uns an der Kathedrale, die kann man nicht verfehlen. Gleich gegenüber ist auch ein Parkplatz. Ich freu mich so ...»

Mit links zu schalten war ein bisschen gewöhnungsbedürftig, und er drehte zwei Proberunden auf dem Firmenparkplatz, bevor er auf die Zubringerstraße hinausfuhr. Der Linksverkehr machte ihm keine Probleme, in seinen Rallyezeiten war er oft in England gewesen. Nach dem zweiten Kreisverkehr fühlte er sich so sicher wie zu Hause. Der Verkehr war dicht, vermutlich würde er es nicht schaffen bis um acht.

Die Kathedrale war angestrahlt und schon von weitem zu sehen, er fand auch den Parkplatz, aber der war rappelvoll, nicht eine einzige Lücke. Da tauchte Penny plötzlich vor dem Wagen auf, winkte und strahlte.

Er ließ einfach den Motor laufen und sprang hinaus. Sie umarmten sich gründlich.

«Wochenende», sagte sie schließlich atemlos. «Ich habe in meiner Aufregung gar nicht daran gedacht, dass man dann nirgendwo einen Parkplatz kriegt.» Sie umfasste sein Gesicht. «Gott, Peter, ich freu mich so!»

Ein vorsichtiges Hupen riss sie aus ihrem Kuss. Hinter Cox' Mietwagen hatte sich eine Autoschlange gebildet. Penny zog reuevoll den Kopf ein und deutete eine entschuldigende Verbeugung an.

«Na denn, ich hab mein Motorrad da vorn an der Ecke. Fahr einfach hinter mir her, es ist nicht weit.»

Eine hübsche Straße mit noch jungen Bäumen, ein schmalbrüstiges Reihenhaus aus Sandstein, ein Vorgarten, in dem gerade genug Platz war, das Motorrad abzustellen. Eine glänzend schwarz lackierte Haustür mit einem Klopfer aus Messing, daneben ein Tontopf voller Narzissen.

All das nahm er in sich auf, während er seinen Koffer aus dem Auto hievte und zu ihr ging.

«Hier wohnst du?», fragte er und wunderte sich selbst, warum ihn das erstaunte.

«Klein, aber mein», antwortete sie. «Na ja, so gut wie, jedenfalls, fast abbezahlt.»

Die Haustür führte direkt ins Wohnzimmer. Sie ging vor, schaltete Stehlampen ein, während sie sich aus ihrer Lederjacke schälte.

Er stellte den Koffer ab und schaute sich um: ein offener Kamin, zwei dicke Sessel mit dunklem Samtbezug, eine Couch mit einem Muster aus großen Mohnblumen, Aquarelle an den zartgelben Wänden, schwere Leinenvorhänge; geradeaus ein offener Durchgang zur Küche, daneben ein antiker Mahagonitisch, auf dem ein Teeservice aus schwerem Silber stand.

«Schön», sagte er.

Sie lachte, fast ein wenig unsicher. «Nicht das, was man bei einer Motorradbraut erwartet, oder? Aber so bin ich eben, ich mag es gern ein bisschen traditionell.»

«Nein, nein», beeilte er sich, «ich merke nur gerade, dass ich mir eigentlich gar nichts vorgestellt hatte. Es ist unheimlich gemütlich.»

«Ja? Das ist gut!» Sie huschte in die Küche und schaltete den Wasserkocher ein. «Ich mach uns gleich Tee, aber vielleicht sollten wir zuerst deine Sachen nach oben bringen.»

Es tat ihm gut, dass sie genauso aufgeregt war wie er.

«Erdgeschoss: Wohnzimmer und Küche», plapperte sie, während sie die Treppe hinaufstiegen. «Erster Stock: Bad und mein Schlafzimmer. Zweiter Stock: Arbeits- und Gästezimmer. So, das hier ist mein Reich, aber ich weiß nicht, ob du ...»

Er ließ den Koffer fallen, zog sie an sich und vergrub sein Gesicht in ihrem Haar.

«Aber ich weiß», murmelte er.

«Gott sei Dank!» Sie presste sich an ihn und zerrte gleichzeitig an seinen Mantelknöpfen.

«Ist es wirklich erst zwanzig nach neun?», fragte sie später, ihr Gesicht in seiner Achselhöhle. «Mmh, du riechst gut!»

Er lachte leise. «Ich habe keine Ahnung, für mich könnte es auch Mitternacht sein.» Dann zog er sie sanft über sich. «Und ich rieche ganz bestimmt nicht gut. Es ist Stunden her, dass ich zuletzt geduscht habe.»

Sie küsste seine Brust. «Genau das meine ich ja.»

Dann richtete sie sich auf. «Ach, verdammt, was tun wir hier eigentlich? Wir sollten doch ... du weißt schon: erst die Arbeit, dann das Vergnügen.»

«Andersrum ist aber auch nicht schlecht», grinste Cox, aber auch er setzte sich auf. «Besser, wir ziehen uns was an, sonst ...»

«... kann ich für nichts garantieren», beendete sie seinen Satz und suchte ihre Kleider zusammen. «Ich hatte heute keine Zeit, irgendwas einzukaufen, geschweige denn zu kochen. Also, was soll ich bestellen, Pizza oder Chinesisch?»

«Mir reicht auch ein Butterbrot.» Er konnte die Augen nicht von ihr lassen.

«Mir nicht, ich brauche einmal am Tag etwas Warmes. Pizza, also. Ich würde gern Knoblauch nehmen, aber nur, wenn du auf deine auch welchen nimmst.»

«Ich liebe Knoblauch», hörte er sich sagen und wusste, dass er nun endgültig verrückt geworden war – er aß nicht einmal Zwiebeln.

«Es lohnt sich nicht zu duschen», hatte sie beschieden, und so saßen sie sich jetzt in T-Shirts und Trainingshosen gegenüber am Mahagonitisch und aßen Salami-Artischocken-Knoblauch-Pizza, tranken Wasser und Tee und versuchten, sich auf die Arbeit zu besinnen.

«Ich kann dir gar nicht viel zu Oliver Harris erzählen», sagte sie. «Er ist vor zwei, drei Jahren in den Bannkreis der Militia geraten, war ziemlich oft in unseren Lagern, aber er ist ein komischer Typ, sehr verschlossen. Geredet hat er eigentlich immer nur mit Chris. Ich glaube, sie sind ziemlich gut befreundet.»

«Die Kollegen in Kidderminster haben sich netterweise ein bisschen umgetan. Harris muss wohl schon länger nicht mehr in seiner Wohnung gewesen sein. Du weißt schon, seine Post stapelt sich, die Nachbarn haben ihn auch schon länger nicht mehr gesehen, und sein Auto ist weg.» Sie hob die Hände. «Es war so viel los heute, ich habe nicht einmal das Kennzeichen von seinem Wagen. Ich hatte einfach keine Zeit, Harris durch den Computer zu schicken.»

«Machen wir morgen», beschwichtigte Cox sie, «oder besser ich – wenn Helmut das mit den Papieren schon geregelt bekommen hat. Hast du morgen auch Dienst?»

«Hätte ich», grinste sie, «aber ich habe getauscht. Wir bleiben also gemeinsam am Ball.»

Er griff nach ihrer Hand, aber sie zog sie mit einem bedauernden Blick weg. «Chris Kingsley ist auf einem Sealed-Knot-Treffen in Cirencester», sagte sie schnell, «er kommt erst morgen Abend zurück. Aber ich habe ihn auf seinem Handy erreicht. Du kannst dir bestimmt vorstellen, wie begeistert er war, dass es schon wieder um einen seiner Freunde geht. Den müssen wir uns morgen noch einmal vornehmen, denn viel hat er bis jetzt nicht rausgelassen. Er hätte Oliver Harris seit fast drei Wochen nicht mehr gesehen, sagt er. Eigentlich wollte Oliver auch zum Schwanenburgsturm nach Kleve kommen, aber er hätte sich dann plötzlich anders entschieden. Ich habe Chris nach Olivers Umfeld befragt, aber da kam kaum was. Harris hat anscheinend keine Freundin, und den Kontakt zu seinen Eltern hat er abgebrochen. Chris sagt, Harris' Vater ist bei der Armee, Royal Air Force, und die Familie ist oft umgezogen. Als Oliver so dreizehn, vierzehn war, haben sie dann auch mal am Niederrhein gewohnt.» Sie legte das Besteck aus der Hand. «Tut mir wirklich leid, mehr habe ich bis jetzt nicht. Wir sollten ihn morgen zur Fahndung ausschreiben.»

«Ja, und wir müssen uns Zutritt zu seiner Wohnung verschaffen. Wenn er tatsächlich der Bombenbauer ist, finden wir dort vielleicht Spuren. Meinst du, wir bekommen morgen eine richterliche Anordnung?»

«Bestimmt! Harris fehlt seit vierzehn Tagen unentschuldigt bei der Arbeit. Er könnte schließlich auch tot in der Wohnung liegen.»

«Na, dann haben wir morgen was zu tun», sagte er und schaute sich suchend um. Irgendwo hatte er die Tüte aus dem Duty-free-Shop am Düsseldorfer Flughafen abgestellt.

«Champagner oder Malzwhisky?», fragte er.

«Beides, im Prinzip, eins nach dem anderen.» Ihre Augen glühten.

Er rief sich mühsam zur Vernunft. «Aber erst rufe ich Helmut an. Wenn Harris' Vater in der Armee ist und in Deutschland stationiert war ... das alles kann man schnell herausfinden.»

Sie stand auf und hob die Plastiktüte hoch. «Lauwarmer Champagner? Muss nicht sein, oder?»

«Whisky tut's auch, aber ...»

«Aber erst einmal telefonierst du!»

«Zur Bundeswehr? Du?!»

Der Alte lacht sich krumm.

«Du kennst doch nicht einmal den Unterschied zwischen deinem Hintern und einem Loch im Erdboden.»

Er geht ins Badezimmer, nimmt die Klinge aus dem Rasierapparat und ritzt sich die Arme, gute Muster, ein Hakenkreuz links.

Es tropft überall hin. Schlachthof.

Die Alte stoppt ihren Schrei, indem sie beide Hände auf den Mund presst.

Wickelt ihm nasse Handtücher um.

Wischt alles weg.

Endlich allein auf der Stube.

Der Schnitt ist noch nicht gut verheilt, bricht auf beim Wichsen.

Der rote Saft tropft.

«Du perverse kleine Sau!» Sein Ausbilder.

Mit dem ersten Schlag bricht er ihm die Nase, mit dem zweiten den Unterkiefer.

Knast. Drei Tage, bis der Alte ihn rausholt.

Kein Wort, kein Blick.

Steigt in sein Auto und fährt.

Er steht am Kasernentor. Gegenüber ist ein Wald.

Auch der Alte wird büßen.

Alle werden büßen.

«Wenn der Vater hier bei de Luftwaffe stationiert war, dann kann dat damals nur in Weeze gewesen sein», stellte Ackermann fest. Er betrachtete das Foto von Oliver Harris. «Wie alt schätzt ihr den Knaben? Ende zwanzig, Anfang dreißig? Also, wenn der damals um die vierzehn war, dann muss dat so um 1990 rum gewesen sein. Ich versuch ma' mein Glück.» Er stand auf.

«Wartet mal!», rief Astrid von ihrem Platz am Computer aus. «Oliver Harris ist vorbestraft!»

«In Deutschland?», fragte Toppe verwundert und kam zu ihr an den Bildschirm.

«Körperverletzung, tätlicher Angriff auf einen Vorgesetzten», las er. «1995 ... Bundeswehr. Oliver Harris war bei den Pionieren in Emmerich!»

«Soldatenblut», kommentierte Ackermann, «scheint 'ne Familienkrankheit bei denen zu sein. Un' er muss ja wohl 'ne deutsche Mutter haben und 'nen deutschen Pass, sonst hätt' er nich' zum Bund gekonnt.»

«Meint ihr, wir kommen an die Akte heran?», fragte Astrid.

«Heut' sicher nich' mehr, et is' schon fast elf», antwortete Ackermann. «Aber morgen bestimmt, wenn Helmut ma' so richtig den Polizeichef raushängen lässt.»

Fünfzehn «Jamin scheint sauber zu sein, was die Bombe angeht», erklärte van Gemmern.

«Mein Gott!», rief Astrid erschrocken. «Du siehst ja furchtbar aus! Hast du überhaupt geschlafen?»

«Schlafen ist Luxus», murmelte er und rieb sich die entzündeten Augen. «Seine Wohnung, der Keller, die Garage, alles wie geleckt. Und auf seiner Festplatte ist auch nichts Interessantes, jedenfalls nicht, was Bombenbau angeht.»

«Aber?», drängte sie.

Er zuckte schlaff die Achseln. «Jamin treibt sich auf einer Menge Pornoseiten herum – nichts Illegales –, aber ich würde sagen, er steht auf Jungs.»

Sie grübelte noch über diese Information nach, als Ackermann kam.

«Wo steckt denn Helmut?»

«Der ist noch bei der Bundeswehr wegen Oliver Harris' Akte.» Sie schaute auf ihre Uhr, schon fast zehn. «Ich hätte gedacht, das ginge schneller.»

«Nee, nee», lachte er, «dat dauert immer, bis diese Kommissköppe mit'm Korinthenkacken fertig sind. Ich hatte bloß Glück, dat in Kalkar, wo dat ganze Zeug aus Weeze hingekommen is', 'n alter Kumpel von mir sitzt.» Er wedelte mit einem Zettel. «Infos über Olivers Papa, nich' viel, aber der Mensch freut sich. Also: Geoffrey

Harris, Jahrgang 1949, seit 1974 verheiratet mit einer Renate Sowieso, ein Kind, Oliver, geboren am 3. Februar 1976. Harris war von 1989 bis 1992 in Weeze stationiert, dann is' er zurück nach England, danach nach Bayern, dann nach Irland un' wieder nach England zurück. Da is' er jetzt seit einem guten Jahr in Rente.»

«Das ist wirklich nicht viel», sagte Astrid enttäuscht.

«Mehr war echt nich' drin», verteidigte sich Ackermann. «Ich hab keinen mehr auftreiben können, der diese Harrisleute gekannt hat. Die werden ja alle naslang inne Weltgeschichte rumversetzt.»

Er schien sich zu freuen, dass das Telefon klingelte. «Jaa? Sie sprechen mit Josef Ackermann ... Ach, du bis' et, Peter! Un' wie stehen die Aktien auffe Insel?»

Cox berichtete, was Penny bisher herausgefunden hatte. «Wir haben Harris eben in die Fahndung gegeben», sagte er. «Und ihr solltet ihn auch ausschreiben, für den Fall, dass er tatsächlich noch in Deutschland ist. Ich gebe dir die Daten, ein Foto habt ihr ja. Und hier ist das Autokennzeichen, VW Golf, dunkelblau, Baujahr 1997. Notierst du?»

«Aber immer.» Ackermann kritzelte etwas auf einen Aktendeckel.

«Ich habe Kontakt zu seinen Eltern aufgenommen. Sie wohnen hier ganz in der Nähe, in Evesham. Bei ihnen ist Oliver nicht, sagen sie, aber wir fahren gleich zu ihnen. Möglicherweise wissen sie ja, welche Freunde er in Kleve besuchen wollte.»

«Nu' hol doch ma' Luft, Jung! Du hörst dich ja an wie 'n Automat.»

«Keine Zeit», erwiderte Cox. «Wir wollen uns heute

auf alle Fälle noch Harris' Wohnung vornehmen und müssen uns vorher um die richterliche Anordnung kümmern.»

«Un' wat macht die Liebe?», fragte Ackermann.

Er hörte, wie Cox verblüfft Luft holte und dann lachte. «Wie du es ausdrücken würdest: Alles im grünen Bereich – und zwar sehr.»

«Dann wollen wir den Kerl auch ma' in die Fahndung geben», machte sich Ackermann ans Werk, nachdem er aufgelegt hatte.

«Klaus meint übrigens, dass Jamin auf Jungs steht», sagte Astrid.

«Wie Jungs?» Ackermann drehte sich abrupt zu ihr um. «Soll dat heißen, dat er schwul is' oder dat er auf Kinder steht?»

«Ich hab das so verstanden, dass er schwul ist, aber ich rufe lieber nochmal im Labor an und frage nach.» Sie wählte. «Falls Klaus noch bei Sinnen ist ... Der übertreibt es wirklich manchmal.»

Van Gemmern machte sich nicht die Mühe, freundlich zu sein. «Ich habe dir doch gesagt, dass Jamin nur auf legalen Pornoseiten war, und soweit ich weiß, ist Kinderpornographie immer noch illegal, oder?»

«Dir auch noch einen schönen Tag», gab sie wütend zurück.

«Dicke Luft?», fragte Toppe, der von der Tür aus zugehört hatte.

«Eher wohl dicker Frust», antwortete Astrid und biss sich auf die Unterlippe.

Toppe hängte seine Jacke auf und setzte sich auf Cox' Platz. «Hat Peter sich gemeldet?»

Ackermann holte ein Päckchen Tabak und Blättchen hervor und berichtete, während er mit großem Geschick fix zehn Zigaretten drehte.

«Ich habe ein bisschen mehr über Harris' Biographie herausgefunden, zumindest, was die Zeit bis 1995 angeht», sagte Toppe und nahm sich eine von den Selbstgedrehten.

«Sein Lebenslauf liest sich ziemlich abenteuerlich. Bevor die Familie nach Weeze gekommen ist, hatte der Junge bereits fünf verschiedene Schulen besucht, weil sein Vater sich ständig hat versetzen lassen. 1989, als die Familie an den Niederrhein zog, kam der Junge auf das ‹Katholische Jungeninternat Herz Jesu›. Dieses Institut hat er allerdings schon 1991 wieder verlassen, also, wenn deine Informationen richtig sind, Jupp, schon ein Jahr bevor die Familie nach England zurückgegangen ist. Er hat danach ein Internat in der Nähe von Birmingham besucht, eine Art Militärakademie, wo er seinen Abschluss gemacht hat. Danach ist er zurück nach Deutschland zur Bundeswehr. 1995 war er zur Grundausbildung in der Kaserne in Emmerich, wo er von einem Unteroffizier beim ‹blutigen Masturbieren› erwischt wurde, was auch immer das bedeuten mag. Harris hat den Mann krankenhausreif geschlagen, Nasenbein- und Kieferbruch. Daraufhin ist er für eine Weile in den Bau gewandert und dann unehrenhaft aus der Armee entlassen worden. Vermerk in der Akte: ‹dissoziale Persönlichkeit, aggressiv und potentiell gewalttätig›.»

«Mich laust der Affe», rief Ackermann, «schon wieder dat komische Internat! Dat, wo auch der Jamin un' der Jäger drauf waren. Kann 'n blöder Zufall sein ...»

«... oder auch nicht», fuhr Astrid fort. «Ich würde mich gern mal mit dem Direktor und den Lehrern dort unterhalten.»

«Ich auch. Dann lass uns ma' los. Die werden ja wohl auch inner Schule wohnen, jedenfalls 'n paar von denen. Ha, so 'nen katholischen Schuppen wollt' ich mir immer scho' ma' angucken!»

Die Landschaft war lieblich, sanfte Hügel, grüne Hohlwege, Dörfer wie aus einem vergangenen Jahrhundert, und überall blühten Osterglocken, an den Straßenrändern, unter Hecken und in dicken, windzerzausten Büscheln unter freistehenden Bäumen.

«Osterglocken waren die Lieblingsblumen von Königin Victoria», erklärte Penny. «Zu irgendeinem ihrer Jubiläen haben ihre ergebenen Untertanen alle eine Narzissenzwiebel in die Erde gesteckt, und die sind dann munter verwildert.»

«Es ist wirklich schön hier», sagte Cox, «irgendwie verwunschen.»

«Dann wird dir Evesham gefallen.»

«Kommst du hier aus der Gegend?»

Sie nickte. «Aus Pershore am Avon, nicht weit von Worcester. Meine Eltern wohnen immer noch dort, seit fünfunddreißig Jahren im selben Cottage. Und meine Geschwister leben auch alle in der Nähe.»

«Wie viele hast du denn?»

«Geschwister? Drei, zwei Brüder, einer älter, einer jünger, und eine kleine Schwester. Ich war die Wilde im Clan.»

Er lachte. «Kann ich mir denken.»

«Nein, wirklich, ich fand es grässlich hier. Hab gerade so mit Ach und Krach meine A-Levels gemacht und dann zugesehen, dass ich wegkam. London, natürlich, viereinhalb Jahre und danach zwei Jahre Edinburgh.»

«Und jetzt bist du doch wieder hier gelandet», stellte er fest.

«Ja», sagte sie zufrieden. «Und es gefällt mir gut. Fahr mal ein bisschen langsamer, ich glaube, wir müssen da vorn rechts abbiegen.»

Harris' Haus lag am Ortsrand, ein nüchterner Bau aus hellem Backstein. Das Ehepaar hatte offenbar auf sie gewartet, denn Cox hatte kaum den Finger auf den Klingelknopf gelegt, als die Tür auch schon geöffnet wurde. Geoffrey Harris war gute zwanzig Zentimeter kleiner als Cox, kompakt gebaut, mit einem kantigen Gesicht, zinngrauen Haaren und einem akkurat gestutzten Schnurrbart. Er trug einen dunklen Anzug, Hemd und Krawatte, und seine Schuhe waren auf Hochglanz poliert. Seine Frau, die zwei Schritte hinter ihm stand, wirkte nicht weniger steif: grauer Rock, grau gestreifte Bluse, Perlenkette, Betonfrisur.

Beide schienen sie nicht viel vom Lächeln zu halten.

«Bitte, kommen Sie herein.»

Sie wurden ins Esszimmer geführt, dunkle Möbel, auf antik getrimmt, Stühle mit hohen, geraden Lehnen, eine Spitzendecke auf dem Tisch. Es roch unangenehm künstlich nach wildem Jasmin.

«Nehmen Sie Platz.» Der Vater wartete, bis sie sich gesetzt hatten. «Du hattest den Tee doch schon vorbereitet, Renate», sagte er, ohne sich zu ihr umzusehen.

Die Mutter huschte wortlos hinaus.

«Ihr Sohn Oliver ist also nicht hier?», begann Cox.

«Nein, aber das habe ich Ihnen bereits am Telefon berichtet.»

Die Frau kam zurück, stellte ein Tablett auf den Tisch und verteilte Teetassen aus rosafarbenem Porzellan. Unschlüssig hielt sie die letzte Tasse in der Hand, bis ihr Mann sich schließlich auch hingesetzt hatte.

«Wann haben Sie Oliver zum letzten Mal gesehen?», fragte Cox.

«Das ist eine Weile her. Renate?»

Ihre Hand zitterte, als sie die Teekanne hochnahm. «Oh, na ja, ich weiß nicht. Sind es jetzt acht oder neun Jahre, Liebling?»

«Oliver ist Ihr einziges Kind?»

Harris umfasste mit beiden Händen die Tischkante. «Worum geht es eigentlich?»

«Das will ich Ihnen gern sagen.» Penny schaltete auf Englisch um und erzählte von dem Bombenattentat.

«Und was hat Oliver damit zu tun?», fragte Harris kalt, aber in seinen Augenwinkeln blitzte ein hässliches Grinsen auf.

Die Mutter stieß ihren Stuhl zurück, ihre Teetasse flog über den halben Tisch. Sie presste sich die Faust in den Mund und stürzte hinaus. Cox folgte ihr langsam. Sie stand im Flur an der Garderobe, hatte ihr Gesicht in einem braunen Wollmantel vergraben und weinte.

Er berührte vorsichtig ihren Rücken. «Frau Harris?» Sie wurde ganz steif. «Was ist passiert, Frau Harris? Was wissen Sie über diese Geschichte?»

Abrupt wandte sie ihm das Gesicht zu und starrte ihn

verständnislos an. «Er ist ein lieber Junge», flüsterte sie. «Oliver ist ein lieber Junge.»

«Wann haben Sie zuletzt von ihm gehört?»

«Aber er war natürlich auch schwierig», leierte sie weiter, «wie Jungen eben so sind, gerade in der Pubertät. Das verstehen Sie doch, nicht wahr? Und mein Mann ... schon allein durch seinen Beruf, ist doch verständlich ...»

Sie fing wieder an zu weinen.

Cox fasste sie bei den Armen. «Frau Harris, wann haben Sie das letzte Mal Kontakt zu Oliver gehabt?»

Sie schluckte und antwortete dann mit fester Stimme: «Am 27. September 1997. Wir waren gerade hier eingezogen. Er kam am Nachmittag, weil er Unterstützung brauchte, aber ...» Sie schaute an ihm vorbei. «Ich weiß noch nicht einmal, wo er wohnt. Ich weiß nichts.»

Er brauchte einen Fick.

Irgendeine Schlampe, der das Geld in der Möse klimperte – Hauptsache große, weiche Titten. Oder irgendeinen Stricher mit Knackarsch. Irgendwer, egal.

Jemandem die Klauen ins Fleisch schlagen, den Mund zerbeißen, Blut und Schweiß und Pisse.

Chris' Mund war weich – Thorstens Mund –, seine Haut milchweiß.

Chris gehörte ihm.

Aber dann fährt er in diese verfluchte Stadt.

«Hey, das wird ein tolles Lager, du. Die Leute sind echt nett. Wir mussten sogar der Zeitung ein Interview geben, wie der Sturm auf die Burg ablaufen soll und so. Hier, kannst du mir den Artikel übersetzen?»

Die Klever Zeitung, das Foto, Chris und John.

In der Mitte das Schwein.

Er kann nicht mehr atmen, er sieht nichts mehr.

Chris lacht, legt einen Finger auf das Schweinegrinsen. «Er hier, der organisiert das Lager, ein unheimlich netter Typ, total sozial eingestellt, arbeitet mit Jugendlichen. Wir haben die Nächte durchgequatscht. Im Sommer kommt er für ein paar Wochen rüber. Ich hab ihm gesagt, er kann bei mir wohnen. Bis dahin werde ich Matthew schon irgendwie los. Du wirst ihn auch mögen, ehrlich. Was hast du denn?»

Er kann nicht sprechen, kotzt sich auf die Schuhe.

Er brauchte einen Fick.

Toppe stützte den Kopf in beide Hände.

1995, mit neunzehn Jahren, war Harris in Deutschland gewesen. Irgendwann musste er nach England zurückgekehrt sein – Arbeit in einem Militärmuseum – tätlicher Angriff – potentiell gewalttätig. Er sah die breiten Narben an den Handgelenken wieder vor sich und schauderte. Seit vierzehn Tagen hatte ihn in England niemand mehr gesehen. Er war hier, und er würde es wieder versuchen.

Toppe griff zum Telefon und rief auf der Wache an. «Ich brauche eine Liste aller Hotels und sonstiger Unterkünfte in Kleve und Umgebung. Haben wir so etwas?»

«Klar, ich bringe sie gleich hoch, wollte sowieso zu dir. Wir haben die Karre von dem Engländer gefunden.»

«Das ging aber schnell.»

«War kein großes Kunststück. Stand auf dem Parkplatz von der Euregio am Haus Schmitthausen. Durch die Woche ist er nicht aufgefallen, dort stehen immer Wagen mit ausländischen Kennzeichen, aber heute ist Sonntag. Soll ich ihn einschleppen lassen?»

«Ja, die Spurensicherung soll ihn sich sofort vornehmen. Sag mal, ist Schnittges im Haus?»

«Kommt gerade rein.»

«Dann schick ihn mir mal.»

Bernies Miene sprach Bände. «Na, hast du wieder einen Nietenauftrag für mich?», grummelte er säuerlich.

«Ich glaube nicht», antwortete Toppe und brachte ihn auf den neuesten Stand.

«Hört sich vielversprechend an», bestätigte Bernie, «aber dass du Peter gleich nach England geschickt hast!»

Toppe ging nicht darauf ein, sondern gab ihm die Liste der Hotels und Pensionen. «Ich lege das vertrauensvoll in deine Hände. Nimm dir so viele Leute, wie du brauchst, Hauptsache, ihr seid bis heute Abend damit durch. Und drücke jedem einen Abzug von Harris' Foto in die Hand, womöglich ist er unter falschem Namen abgestiegen.»

Das katholische Jungeninternat bestand aus mehreren imposanten Gebäuden aus der zweiten Hälfte des 19. Jahrhunderts, die sich in einem großen Park rund um eine Kapelle gruppierten.

Der Direktor, Udo Heisterkamp, wohnte in einem spitzgiebeligen Häuschen am Rande des Geländes.

«Wenn es um einen unserer ehemaligen Schüler geht, sollten wir ins Sekretariat hinübergehen, dort sind alle Unterlagen.»

Ackermann ließ seinen Blick über die graue Tuchhose und den schwarzen Pullover wandern, an dessen Halsausschnitt der Kragen eines weißen Hemdes hervorspitzte. «Sind Sie Priester oder so wat?»

Heisterkamp runzelte irritiert die Stirn. «Nein, wie kommen Sie darauf?»

«Nur so. Seit wann sind Sie eigentlich Rektor hier?»

«Ich bin seit 1988 Direktor des Instituts.»

«Klasse!» Ackermann rieb sich die Hände. «Dann sind Sie ja der Richtige.»

«Fein», antwortete Heisterkamp schwach und hielt ihnen die Tür zum Haupthaus auf.

«Oliver Harris? Um den geht es also. Nun ja, der Junge war nur kurz bei uns, ungefähr zwei Jahre, würde ich sagen. Ich kann in den Unterlagen nachschauen, wenn Sie die genauen Daten brauchen.»

«Nein, nein», hielt Astrid ihn zurück. «Erzählen Sie uns einfach, an was Sie sich erinnern können.»

«Nun, Harris war nicht gerade ein Musterschüler, bockig, misstrauisch, unzugänglich. Er war im Grunde immer auf Ärger aus.» Sein Gesicht verfinsterte sich, er schien sich seine nächsten Worte gut zu überlegen. «Und dann diese unselige Geschichte, gleich am Anfang meiner Laufbahn, sehr unschön.»

Astrid und Ackermann schauten ihn nur fragend an.

«Nun, er ist mit einem Mitschüler auf der Toilette bei homoerotischen Spielen ertappt worden.»

«Ja, un'?», fragte Ackermann. «So wat is' doch wohl ganz normal in dem Alter un' dann auch noch auf so 'ner Penne wie der hier.»

Heisterkamp ignorierte ihn.

«Wer war der andere Junge?», wollte Astrid wissen.

«Ein Klassenkamerad, Thorsten Willem.»

«Waren die Jungen befreundet?»

«Ja, was wir mit einiger Sorge beobachtet haben. Thorsten war ein stiller Junge, schüchtern, fast unscheinbar, aber stets freundlich und sehr leistungswillig.»

«Na, dat muss aber 'n Skandal gegeben haben, wa? Ich mein, Sie haben doch hier bestimmt 'n Beirat oder so wat, wo lauter Pfaffen drin hocken», ließ Ackermann sich vernehmen.

Der Direktor schenkte ihm nicht einmal einen Blick.

«Was ist denn mit den beiden Jungen passiert?», fragte Astrid.

«Was soll mit ihnen passiert sein?», brauste Heisterkamp auf. «Wir waren schließlich auch schon im zwanzigsten Jahrhundert angekommen. Ich habe eine Schulkonferenz einberufen, und wir haben gemeinsam beschlossen, von Disziplinarmaßnahmen abzusehen.»

«Disziplinarmaßnahmen?», regte Ackermann sich auf. «Wie hätten die denn auch aussehen sollen? Schwanz ab? Oder wenigstens nachts die Hände auff 'n Rücken binden?»

Astrid trat ihm heftig auf den Fuß.

«Selbstverständlich haben wir die Eltern in Kenntnis gesetzt und es ihnen überlassen, wie sie mit dem Problem umgehen wollten.»

«Die Jungen sind beide an der Schule geblieben?»

«Oliver Harris hat ungefähr ein Jahr später auf Wunsch des Vaters unsere Schule verlassen. Er ist auf ein Internat in England gewechselt.»

«Und Thorsten Willem?»

Er sah ihr starr in die Augen. «Willem hat Suizid begangen.»

«Wann?»

«Ungefähr fünf Monate später, während der Herbstferien, im Haus seiner Eltern.»

Astrid spürte, dass sich ihr Magen verknotete.

«Wer war dat eigentlich, der die beiden Jungs auffem Klo erwischt hat?», fragte Ackermann und rieb sich die Augen.

Heisterkamp beachtete ihn nicht.

«Kuckuck, ich bin auch noch da!» Ackermann fuchtelte mit seinem Dienstausweis herum. «Schon vergessen? Hauptkommissar!»

Der Direktor setzte eine gelangweilte Miene auf. «Einer unserer damaligen Oberstufenschüler.»

«Der hieß nich' zufällig Jamin?»

«Doch», antwortete Heisterkamp verblüfft, «es war Alexander Jamin.»

«Und was können Sie uns über Jamin erzählen?», übernahm Astrid wieder.

«Nun, er war auch kein ganz einfacher Schüler. Alexander war, bevor er zu uns kam, an zwei anderen Schulen mehr oder weniger gescheitert, und wir waren seine letzte Chance, die allgemeine Hochschulreife zu erlangen. Aber das hatte der junge Mann verstanden, sich gut bei uns eingefügt und ohne nennenswerte Probleme seinen Abschluss gemacht. Und darüber hinaus war er immer bereit, in seiner Freizeit Aufgaben zu übernehmen, die über das normale Soll hinausgingen.»

«Wie da wären?», drängelte Ackermann.

«Soweit ich mich erinnere, hat er bei der Pflege des Parks und anderen praktischen Dingen geholfen. Und er hat auch gern jüngere Schüler, die Eingewöhnungsschwierigkeiten hatten, unter seine Fittiche genommen.»

«Im Gärtnerschuppen?», fragte Ackermann.

«Wie bitte?»

«Wussten Sie denn nicht, dat der Jamin schwul is'?»

Heisterkamp rümpfte die Nase. «Nein, mir war nicht bekannt, dass Alexander Jamin homosexuell war. Und ich kann es mir auch nicht so recht vorstellen.»

Sechzehn Sie hatten sich alle in Toppes Büro eingefunden und kurz die Neuigkeiten ausgetauscht, als Cox' Anruf kam:

«Oliver Harris ist unser Mann! Wir sind gerade in seiner Wohnung.» Seine Stimme überschlug sich. «Ihr glaubt es nicht, aber hier liegt alles offen herum: Anleitungen zum Bombenbau, Rohre, Drähte, mehrere auseinandergenommene Handys und etwas, das verdammt nach Plastiksprengstoff aussieht. Außerdem ein ganzes Waffenarsenal: Knarren, Totschläger, Messer, sogar eine Machete. Alles wie auf dem Präsentierteller. Es ist gruselig, Helmut, dem Mann scheint es völlig egal zu sein, ob er erwischt wird.»

«Scheiße», sagte Toppe aus tiefster Seele.

«Genau. Wir warten jetzt auf die Spurensicherung.»

«Ja, mach die Sache wasserdicht und melde dich dann wieder.» Er hatte noch nicht ganz aufgelegt, als der Apparat schon wieder klingelte.

Ackermann fluchte laut und griff nach dem Hörer. «Ja, verdammt!», motzte er.

«Hallo, hier ist Bernie», perlte es ihm munter entgegen. «Ich hab was für euch.»

«Sekunde, ich stell ma' auf Lautsprecher. Leg los!»

«Oliver Harris hat bis Dienstag in einer Pension unten in der Stadt gewohnt, und zwar seit dem 9. April. Die

Wirtin hat ihn auf dem Foto erkannt. Eingetragen hatte er sich als Harald Schmidt. Witzbold! Er hat der Frau erzählt, er würde für ein Spielwarenunternehmen arbeiten und nach Ladenlokalen suchen. Das war das. Dann habe ich schon gedacht, ich hätte den Mann verloren, aber gerade eben bin ich wieder fündig geworden. Eine Ferienwohnung am Treppkesweg. Ich habe eben mit der Vermieterin gesprochen. ‹Harald Schmidt› ist am Dienstag hier eingezogen und gestern wieder ausgezogen, hat bezahlt und den Schlüssel abgegeben. Was der Frau aber eben erst aufgefallen ist: Sein Auto steht noch vor der Tür. Ist ein Mietwagen. Soll ich den mal checken?»

«Wo is' die Ferienwohnung, has' du gesagt?» Ackermann schnürte es fast die Luft ab.

«Treppkesweg 237.»

«Ich scheiß in 't Bett – dat is' direkt gegenüber von Jamin!» Er ließ sich auf den nächsten Stuhl fallen und drückte Toppe den Hörer in die Hand. «Mach du dat, mir is' schlecht.»

Toppe atmete kurz durch. «Bernie? Helmut hier. Deine Ferienwohnung liegt anscheinend gegenüber dem Haus, in dem Alexander Jamin wohnt.»

«Alexander wer? Ach ja, ich weiß schon, der Sozialarbeiter.» Toppe konnte es förmlich in Bernies Hirn klickern hören. «Das darf nicht wahr sein!»

«Geh einfach mal rüber und klingle bei ihm, guck nach, ob er zu Hause ist. Und bleib in der Leitung.»

«Und was, bitte schön, soll ich tun, wenn er zu Hause ist?»

«Bring ihn mit zu einer Befragung. Wir haben ein paar neue Erkenntnisse.»

«Ist das so?»

«Das ist tatsächlich so.»

«Wenn du es sagst ...»

Man hörte eine Türglocke.

«Der hat echt die Ruhe weg», stöhnte Ackermann.

«Es macht keiner auf», kam es aus der Leitung.

Astrid raufte sich die Haare.

«Versuch's bei Jamins Nachbarn, Bernie», wies Toppe ihn ruhig an. «Frag, ob sie ihn gesehen haben, ob sie wissen, wo er stecken könnte.»

«Wird gemacht. Immer noch Standleitung?»

«Bitte, ja.» Toppe wunderte sich – sein Herz schlug vollkommen gleichmäßig.

Das Rascheln aus dem Lautsprecher wurde lauter, es knisterte und knarzte.

«Er hat das Telefon in die Tasche gesteckt», stellte Astrid fest und legte die Hände über die Ohren.

Stimmfetzen, Rauschen, dann Windgeräusche.

«Da bin ich wieder. Ich habe mit der Nachbarin über ihm gesprochen. Ich meine die Frau, die in der Wohnung über Jamins Wohnung lebt. Sie sagt, er ist zum Joggen. Das macht er wohl regelmäßig. Sie hätte gerade ihren Müll heruntergebracht, als er loslief, und sie hätten sich noch über das Wetter unterhalten. Er joggt immer hier oben im Wald, keine zweihundert Meter die Straße hoch.»

«Wann ist er losgelaufen?», fragte Toppe.

Gemurmel – offensichtlich war die Nachbarin noch vor Ort.

«Vor einer guten Stunde, sagt sie.»

«Danke, Bernie. Bleib einfach dort. Wir kommen.»

«Sicher, in Ordnung», antwortete Schnittges. «Soll ich weiter in der Leitung bleiben?»

Aber Toppe hatte schon aufgelegt.

«SEK», sagte Astrid. «Ich kümmere mich darum.»

«Dauert viel zu lange», gab Toppe zurück und lief hinaus. «Alle verfügbaren Streifenwagen», rief er. Dann schaute er sich noch einmal um. «Denkt an die Westen und bringt mir auch eine mit.»

«Dann ma' los, Mädken», sagte Ackermann. «Sieht so aus, als müssten wir selbst ran.»

Astrid schnallte sich ihre Waffe um und überprüfte die Munition. «Eigentlich hätte er den Hubschrauber anfordern müssen», murmelte sie.

«Der mit de Wärmebildkamera? Jo, tolle Idee, besonders sonntags, wo jeder Fuzzi, der wat auffe Familie hält, zwecks Erbauung im Wald rumrennt.»

Die Polizisten, die als Erste angekommen waren, hatten den Parkplatz am Waldrand schon abgesperrt und waren dabei, die Spaziergänger nach Hause zu schicken. Immer noch rollten Streifenwagen an.

«Der Wald sieht ziemlich groß aus», bemerkte Schnittges. «Wie willst du vorgehen, Helmut?»

Toppe legte die kugelsichere Weste an. «Wir bilden eine Kette und gehen rein. Was bleibt uns sonst übrig? Hast du deine Waffe dabei?»

«Nein.»

«Dann bleibst du hier», entschied Toppe und überhörte das «Träum weiter».

Die Beamten, die sich die Westen schon umgeschnallt hatten, sammelten sich bei ihm. Er schaute in blasse, konzentrierte Gesichter. «Der Mann, den wir suchen, ist äußerst gefährlich und vermutlich bewaffnet», erklärte er ruhig. «Also, bitte keine Heldentaten. Geht besonnen vor und wartet auf meine Anweisungen.»

Er betrachtete das Waldstück, das vom Parkplatz aus von einem schnurgeraden Radwanderweg durchschnitten wurde.

Ackermann trat neben ihn. «Den Hauptweg würd' Jamin ja wohl nich' jeden Tag langtraben – viel zu öde für so einen wie den.»

Toppe nickte. «Nach rechts runter kommt nicht mehr viel Wald», erinnerte er sich.

«Nee, höchstens 'n knapper Kilometer, da müsst' der Kerl dauernd im Kreis rumrennen. Aber nach links zieht der Wald sich durch bis Holland.»

Sie stellten sich in einer Reihe auf, mit jeweils einer Lücke von zehn Metern zwischen den einzelnen Personen, Toppe, Astrid und Ackermann in der Mitte, und rückten vor.

Es ging nur langsam voran. Immer wenn sie einen Weg kreuzten, stießen sie auf Spaziergänger und Jogger, die zum Parkplatz zurückgeschickt werden mussten.

Astrid schüttelte den Kopf. «Das ist Wahnsinn.»

Dann endlich wurden die Wege spärlicher, und schließlich gab es nur noch Dickicht, Blaubeergestrüpp und Farnkraut, vereinzelt einmal einen Trampelpfad. Bernie Schnittges stolperte über eine Baumwurzel und stöhnte laut. «Was ist, wenn wir völlig falsch liegen?», knurrte er. «Dann geht dieser Einsatz hier als der größte Flop aller Zeiten in die Annalen ein, das ist so sicher wie das Amen in der Kirche.»

Keiner antwortete ihm.

Der Boden wurde sandiger, und es ging stetig hügelan.

«Dat muss der Stoppelberg sein», sagte Ackermann, «an die neunzig Meter hoch, wenn ich dat richtig im Kopp hab.»

«Würdest du hier joggen?», japste Schnittges.

«Ich sowieso nich', aber ich bin ja auch nich' sportbekloppt.»

Da entdeckte Toppe das Zelt. Er hob die Arme. «Stopp!»

Die meisten Männer ließen sich sofort zu Boden fallen. Ein kleiner Iglu, tarnfarben, unter den tief hängenden Ästen einer Fichte kaum auszumachen. Eine kleine Feuerstelle, erloschen, aber noch warm. Uringeruch.

«Wir ...» Weiter kam Toppe nicht.

Ein unmenschlicher Schrei fuhr ihnen in die Glieder, lähmte sie, Wimmern folgte, Flehen, dann wieder ein Schrei.

Astrid entsicherte ihre Waffe und stürzte voran. Ein Baum. Jamin am untersten Ast an den Händen aufgeknüpft. Nackt. In seinem Hintern ein gewaltiger Ast. Ströme von Blut. Der Gestank von Kot und Erbrochenem. Todesangstschreie.

Harris sah sie an, blickte ihr direkt ins Gesicht - das Messer an Jamins Kehle - und bleckte die Zähne.

Sie atmete aus, hielt die Luft an und schoss. Harris flog nach hinten und blieb am Boden liegen, beide Hände auf seinen Oberschenkel gepresst. Das Messer flog ins Farnkraut. Jamins Schreien verstummte. Es war still.

Sie ließ die Waffe sinken und zuckte zusammen, als

Ackermann sie in den Arm nahm – sie hatte niemanden mehr wahrgenommen.

«Verdammt guter Schuss! Un' mach dir keine Sorgen», raunte er ihr ins Ohr. «Ich hab genau gehört, dat du ihn vorher gewarnt has': Polizei, lassen Sie das Messer fallen. Geht et wieder? Gut. Ich ruf den Notarzt.»

Es war Bernie Schnittges, der Harris Handschellen anlegte und ihm mit seinem Gürtel das Bein abband. Toppe löste Jamins Fesseln, während zwei Beamte den schlaffen Körper hielten – er war endlich ohnmächtig geworden.

«Zieht bloß den Ast nich' raus», rief Ackermann. «Dat is' gefährlich bei 'ner Pfählung.»

Als die ersten Sirenen zu hören waren, bäumte Harris sich auf. Sie drückten ihn zu Boden.

Irgendwo meldete sich ein Handy mit einer unbeschwerten Melodie.

Es dauerte eine Weile, bis Toppe merkte, dass es sein eigener Apparat war. Mehr als ein «Ja» brachte er nicht heraus.

«Paul ist da!» Van Appeldorns Stimme war heiser vor Aufregung. «52 Zentimeter, 3600 Gramm. Er ist topfit, und Ulli geht es gut!»